那 些 岁 月

……

梁晓声——著

北京出版集团公司
北京十月文艺出版社

目录

恋爱 那些事

从前，在民间，恋爱叫搞对象。

想恋爱得好首先必须谈得拢，这比较符合常识。但搞对象的“搞”字，听来却未免令人疑惑。

然而搞对象的说法在民间却更普遍。

家长每这么问和答：

“你家大小子有对象没呢？”

“正搞着哪。”

“有成功把握吗？”

“唉，谁知道呀，由他自己搞搞看吧。”

“要是姑娘不错，你当妈的可就得督促着儿子上心搞，别搞秃噜啦！”

“秃噜”是北方土语，意谓螺丝杆和螺丝帽拧脱扣了，报废了。也引申为明明咬了钩的鱼又逃了，总之是将事办砸了的意思。

但以上对话，仅限于母亲之间。若谈论的是女儿，基本也那么说。我当年很少听到父亲之间怎么谈论儿女的婚事——我父亲常年在外省工作，家中来过的少有已经当了父亲的男人。

而若一个青年问另一个青年：“怎么很难见着你了，忙什么呢？”

对方回答开始谈恋爱了，往往会受到讽刺：“转什么呀？搞对象就说搞对象！还说成谈恋爱！谈恋爱就是比搞对象高级的事啦？”

一个青年如果已是高中生了，便会开始嫌弃“搞对象”

加了动词的说法，逐渐倾向于“谈恋爱”的说法。

“谈个人问题了吗？”

“正谈呢。”

他们往往这么问答。

“谈”虽比“搞”斯文，却有后继的不自然。向别人介绍时，还得说：“这是我对象。”倘说“这是我恋人”，未免太酸了。而“女朋友”“男朋友”之语，在民间尚未流行，会被认为是关系暧昧的说法。

当年底层青年男女的婚姻成功过程，一般经历四个基本阶段——搞对象、公布对象关系、进一步明确未婚夫妻关系和结婚。

搞对象的前期，分手被民间所包容。公布对象关系后，双方便都受“民间正义”的制约了。倘一方不能道出被民间所能接受的理由，却非与另一方分手不可，会被所谓“民间正义”视为“不义”。双方家长也肯定结下了“梁子”，老死不相往来。

以如今的常识来看，“未婚夫妻”的概念是不成立的。未婚何以能算夫妻呢？当年不像现在，未婚同居现象比比皆是；有了孩子在法律上会被界定为“夫妻性质”。当年的男女，即使都是未婚者，偷偷摸摸搞几次一夜情，被发现了也会成为“作风不好”的典型。较长期的同居想都别想，民间会检举，派出所会干涉。因为早年间法律明文规定不允许未婚男女同居。对敢以身试法的人，轻则批评教育，重则法办。

故，在当年，“未婚夫妻”的概念不但成立，而且受到民间道德法则的维护，也被法律所认可。

这一现象，与古老的订婚风俗有关。既已订婚，当然便是未婚夫妻。订婚还往往涉及聘礼，男方予之，女方受之，法律便当然要维护财物受损失的一方。

从前，南方青年的恋爱过程，普遍比北方青年的恋爱过程快乐指数高一些；农村青年的恋爱过程，也普遍比城市青年的恋爱过程浪漫一些。这乃因为，在农村的广阔天地，特别是在南方的农村，任何一对青年可以避开他人目光亲爱作一团的地方比比皆是，而北方的城市的青年则很难得天独厚。这里说的北方，主要指东三省。从十一月至来年“五一”前，北方有半年是不利于人们进行户外活动的日子。

这半年的前四个月户外天寒地冻；第五个月到处化雪，泥泞不堪；第六个月东风劲吹，往往刮得人只能退行。满打满算，东三省城市里的青年，一年中只有半年是适合于在户外恋爱的日子。不在户外不行吗？谁家也没一间闲屋可供他们进行室内恋爱呀！他们不在乎家人碍眼，家人还在乎他们碍眼呢！除了双方的家，再就没什么是建筑物的空间可供一对恋爱中的青年不受干扰地待会儿了吗？除了电影院，确实再无那样的地方。但如果每次的冬季见面都看一场电影，再各吃一支奶油冰棍，一个是二级工的小伙子会倍感成本压力的。

所以东三省的恋爱青年，都非常珍惜从五月到十月底这半年的好时光。在这半年里，每天下班后的时间加上星期日全天，几乎都在惜时如金地“轧马路”——二人互相挽着手臂，在一条走惯了的街上走过来走过去的。站在某幢楼脚亲次嘴，便觉特享受。而一进入十一月，往往就得靠情书互诉衷肠了。市内邮票四分钱一张，成本低。

我下乡后，下乡前就确定了恋爱关系并同在我们连的知青只有一对儿，都是“老高二”。第二年，二胡拉得好的男知青被沈阳军区歌舞团选走了。他对象的父亲是曾经的国民党军官，她从道义上不能影响他的前程，他们的恋爱关系只能结束。

我们成为“兵团战士”的头三年，包括高中知青在内，都尽量避免互相发生恋爱关系。即使暗中确实恋爱着了，也不愿被别人看出来，更不愿自己承认。因为每个人内心里都是不愿扎根的，而恋爱关系一经由自己承认，意味着招工、上大学、参军等机会与二人无缘了——好机会不可能同时属于一对恋爱中的知青。

以我们那个连队而言，给我留下深刻记忆的恋爱故事只有这么一桩——女方是高二知青，长得清清秀秀的。男方比她小两三岁，是独生子，有资格留城。家境似乎也挺好，不属于干部家庭，也不属于高级知识分子家庭，据说是从前的民族资本家的后代，家底厚实。很少有人清楚他们是怎么搞上对象的；总之，他与她同时来到了我们连。她是女“兵团战士”，他什么也不是，因为他并没报名下乡，仍是一名城市“待分配工作”的青年，保留着城市户口。又据说，他从小娇生惯养，曾与什么不良青年团伙有染。他既然也到了连队，连里只得同意他暂时在我们男知青宿舍挤出个铺位住下，而他一住就住了半年多。别人出工，他也出工，但不跟班排一起干活，喜欢一个人去往马号，学套车、卸马、赶车、铡马草，显示出对马匹的热爱。别人分班政治学习，他却不参加，还是独自去往马号找活干。他的特殊化引起了我的注意，好奇地一问，才知他不算“兵团战士”，干活也没工资，所以不能按战士要求他。并且，知道了他的绰号叫“三毛”。

他是个沉默寡言的人。身材健美，像体操运动员，看得出，必定常年坚持练双杠，举哑铃。他还是个脸上缺少表情变化的人，像施瓦辛格演的机械战士，有一张施瓦辛格那种类型的脸。女知青们对他持什么看法我不清楚，却没有哪一个男知青歧视他。相反，对他都挺友善的，他对别人也很友善。晚上，熄灯前，他习惯于靠着被子坐在自己的铺位上听大家闲聊。听得高兴，向会吸烟的人分烟。后来，就有老战士夸他了，说人家不拿一分钱工资，干起活来却实心实意的，难得。哪样活都学得快，很聪明。

不利于他的事还是发生了——冬季来临后，他使自己所爱的女知青怀孕了。她又不能因而便做“妈妈知青”，只得接受流产术。他并没显出羞耻的样子，但看得出对她是很内疚的。

当时我住在事务长家。事务长两口子回四川探家去了，让我看家。事务长家住屋较大，炕面长，炕上打了一堵木板隔断，使那炕分为一大一小两部分，小的部分只铺得开褥子。曾有一个时期，事务长的父亲从四川老家来看儿子，所以炕上有了那个隔断。而我图暖和，每晚睡隔小了的那部分炕。

连里的干部找我谈话，说要安排手术后的女知青也在事务长家住几天，以利于她将养身体，问我同意不同意。

我当然表示同意，一点儿瓜田李下的顾虑都没有。

连里的干部嘱咐我夜里机灵点儿，千万别使更不好的事发生了。言外之意是，要求我防止她一时想不开寻短见。

我保证绝不会使那样的事发生。

于是她也住到了事务长家。

我终于对上了号——“三毛”所爱的女知青究竟是哪一个。

我认为他俩从形象上挺般配的，婚后会成颜值良好的一对夫妻。

当晚我和她进行了一次简短的谈话，将连干部担心什么告诉她了。

她说：“我不会的。”

我说：“我相信你。”

有天夜里我被她哭醒了，不知该怎么劝她，问她要不要我将“三毛”找来？

她说确实极想见他。

我便穿上衣服，去到男知青宿舍，轻轻捅醒“三毛”，让他到事务长家去，而我睡他的被窝。后来，连里吹过熄灯号，我俩夜夜如此这般。那宿舍的男知青们全体心知肚明，谁都不说什么。这种情况，一直持续到她重新住回女知青宿舍去。

“三毛”对我自是心存感激的，却从没说过一个谢字。显然，他极不善于对人表达感激。但他一见到我就敬烟。他吸烟，没瘾。而我日后成了烟民，他是有一定责任的。我吸他的烟他高兴，这使我没法拒绝。他高兴时，一脸的天真无邪。

我接到团宣传股的调令离开连队那天，所搭的马车已将连队远远地抛在后边了，他骑一匹无鞍马追了上来，送了我几里地。也不说话，只是默默随行。那天他给我的印象是——这样的人，可做终生之友。只要你一直对他好，他就不会背叛友谊。作为朋友他唯一的缺点也许只不过是话太少了。他话少并非意味着他信奉“沉默是金”，而是天性使然。似乎，他来到世界上的头等大事只有一桩，便是爱某个女人。而在这一点上谁帮过他，谁就会成为他铭记不忘的人。但他不说，因为不会说那种话。

后来我听人讲，到了他所爱的女知青可以请探亲假的时候，他俩双双回到了哈尔滨，而她再也没回连队。

“大返城”后，我见到老连队的知青，询问“三毛”他俩生活得怎么样，了解情况的人说幸福着呢。具体有多幸福，在当时人多的情况下，我没细问……

结婚·离婚那些事

当年，在农村，结不起婚的人主要分两类——一因穷，二因“成分”不好。

当年农村的穷，非个别现象，往往是整村穷，村村穷，穷一片。所以，有不少“光棍村”。贾平凹的小说《鸡窝洼人家》，反映兄弟二人娶一个媳妇的穷境，是获全国小说奖的作品。当年有个别评论指责他“暴露”社会主义阴暗面，而我一直认为那篇小说最代表平凹的“现实主义精神”。当然，也不能明着二娶一，共同拥有一个媳妇是背地里的事。

“娶”的前提是双方自愿。只要双方自愿，实际上就不存在什么娶得起娶不起的问题。所以，男人“娶不起”，也是女人因他们穷不愿嫁的另一种说法。即使光棍男人们干脆自灭了念头，打算终生不娶，若父母在，是不依的。于是，“换婚”遂成最省钱的娶嫁现象。若双方两对兄妹相貌都说得过去，甚至不错，“换婚”自然也是皆大欢喜的事。但老天通常并不这么关爱穷人，故换婚的结果往往是每有一对抱憾终生。

“成分”不好的农村人家，大抵无望穷。这乃因为，即使其家庭成员与别人干同样的活，劳动量一点不比别人少；也不能获得到同样多的工分。招工、参军、上大学等好事，仿佛永远与他们无缘。又穷，“成分”又不好，娶媳妇难上加难。贫下中农家儿子，若背地里与地主家模样不错的女儿恋爱了，这种事虽也会有阻力，但最终成婚的可能还是蛮大的。反过来，基本没门儿。若男方不剪断念头，那么肯定被视为阶级斗争“新动向”，男方就没好果子吃了。

仅就钱财而论，当年的中国没有富人。但就生活水平而言，天壤之别的现象是客观存在。故在城市里，门第就是成分的证明，同样制约城市青年们的恋爱成败。从大概率上看，普通人家的儿女与高干人家的儿女产生恋爱关系的机会微乎其微。即使同在一座城市，甚至是同一所中学、大学的学生，基本也互不交往。前者再优秀，那也不会对后者产生多大的吸引力。而后者们一向低调，对家庭背景讳莫如深。各有各的圈子，互相只在不同的圈子里知根知底，释放吸引力。

“文革”一度使此种无形壁垒坍塌，使一些高干儿女沦落民间，于是与普通人家儿女产生了友情甚至爱情。但那是特定年代的非常态现象。“文革”结束不久，友情基本终结，夫妻大抵离异。非常态现象逐渐恢复到以往的常态，门第秩序逐渐井然，民间儿女与所谓“上层人家”儿女各归其群，从此老死不再往来。像英国王储们那种与平民家普通女儿结为夫妻的事，在中国是没先例的。

具体论到民间，令当年的青年们发愁的结婚之事也是房子问题。当年的中国没有买卖房屋一说，但凡像点样的房屋，皆属公产，任何人都无权买卖。“兑房”是允许的，即一方出让居住权，另一方予以经济补偿。“兑房”少说亦须几百元，居住条件良好的近千元，一千几百元，非一般人家敢想。所以对于民间儿女，解决婚房问题只有两种选择——要么私搭乱建，要么租房。租房也构成巨大的经济压力。就算夫妻双方都是二级工，工资加在一起才七十几元。而租一处二十来平米的土坯房，当年也得十五六元。若再添了孩子，每月向双方父母交几元赡养费，小日子就很紧巴了。至于私搭乱建的婚房，基本上都可以用小小的“土坯窝”形容。

故可以如此推论，中国之城市“80后”，一半左右出生于十几平方米、二十平方米的私搭乱建的或父母租住的各式各样的“蜗居”中。条件有所改善，大抵是他们成了少男少女以后的事。进言之，他们的父母，几乎皆无甜蜜的新婚日子值得回忆。所以，“80后”尤其要明白，感恩于父母是必须的。

当年，在中国，在民间，离婚也不易。首先是，一旦离婚，一方将无处可住。其次是，家庭这一“合资单位”解体，不论各自承担怎样的抚养儿女的法律责任，双方的经济状况都将变得很糟。再其次，若非离不可的是男方，则他还必须提出“过不下去了”的硬道理。而从当年民间的是非立场看来，只要女方并无屡教不改的作风问题，一切“过不下去了”的理由都是不足以成立的，法律也绝不支持。当年法院判离婚案，须参考双方单位意见。如果双方都是无正式单位的个体劳动者，那么街道委员会的看法也相当给力。街道委员会也罢，单位也罢，都会不约而同地、本能地秉持“妇女保护主义”立场，认为便是秉持正义。实际情况也是，对于女性，离婚后的生活将十分不易。而若离婚的原因是由于男方另有新欢，那么他必得有足够勇气经受几乎来自于社会方方面面的道德谴责。也并不是有那般勇气就容你心想事成了——那将是一场“持久战”，拖了八年十年还没离成不足为奇。

离婚虽是夫妻之事，但在当年也被认为关乎社会稳定，关乎社会主义优越性的体现。故在“文革”前，中国是世界上离婚率极低的国家，也以离婚率低而自豪。“文革”十年，离婚率上升。夫妻一方若被划入政治另册了，“离婚”不但成为另一方的自保方式，而且受到革命的肯定，正所谓“十年河东，十年河西”。“文革”后的整个八十年代，离婚率仍呈上升态势。这乃因为，“河东河西”之变，又开始了一番轮回。这么变也罢，那么变也罢，政治外因的强力介入是主因。故可以说，从“文革”十年到“文革”后十年，中国有一种离婚现象是“政治离婚”。但这种现象，主要体现于干部子女与知识分子夫妻之间。许多干部落实政策了，官复原职了，甚至职位更高了，他们的曾经沦落民间的儿女，于是要改变已经形成于民间的婚姻。这种意愿，在不少知识分子中也有呼应。因为知识分子的命运，“文革”后也逐渐向好。男人的命运一旦向好，就会吸引较多的女性追求者。女性的命运一旦向好，对婚姻幸福的要求便会提高。人类社会在许多方面发生了根本改变，在许多方面却似乎亘古不变，此点是不变法则之一。

比起来，干部儿女，特别是高干儿女，当年的离婚很容易——因为他们父辈手中的权力，可将离婚难题一一摆平。不论“被离婚”的是男是女，给你安排好住房，给你解决一份稳定又较理想的工作，子女的抚养问题也不必你操心。总之，使你没有了一切后顾之忧，你还待如何呢？非不离，不是太不识相了吗？那么一来，“正义”也就不保护你了。

知识分子的离婚，可就不那么容易了。当年，我认识一位科技知识分子，单位刚分给了他一套七十几平米的楼房，他出人意料地闹开了离婚。且不论是否过不下去了，首先你必须为你的“娜拉”安排好另一住处吧？他根本不具备那种能力，所以夫妻二人仍共同居住在小小的两居室内。他连净身出户也做不到，因为他一旦离开了那个家，自己也无处可住。所幸他们的女儿上大学了，可以住校不回家。即使家中只有他们离不成婚的二人，那种形同陌生人的关系也还是太尴尬了。不但他们自己住得尴尬，去找他的同事朋友也很尴尬。最终没离成，又将就着往下过了。照样留下了负面议论——“什么过不下去了，借口嘛，这不也继续过下去了吗？”

1980 年代晚期，路遥有部中篇小说《人生》——主人公高加林是考上了大学的农家子弟，他的农村对象叫巧珍。

他结识了地委干部的女儿，她也一度对他颇有好感，这使他对巧珍变心了。结果，他先后失去了两个女子对他的爱，也失去了在城里的工作，被迫退回到农村，被现实打回了原形。

试想，若高加林非农民的儿子，而是级别够高的干部子弟，结果就断不会是那样——他可以首先为巧珍解决城市户口，再安排一份较好的工作。如果巧珍有上大学的愿望，并且是那块料，他助她考上大学亦非难事。那么一来，岂不是三方都心想事成皆大欢喜了吗？

在整个1980年代，中国的离婚率虽然上升了，婚姻在底层却相当稳定。底层儿女能结成婚已属幸事，谁敢动离婚之念呢？也都没有离得成的能量呀。

1990年代后，中国的离婚率更高了。个体经济发达了，成功的，也就是有钱的男人多了。此时的中国式离婚，主要靠的是钱的摆平作用。而钱的摆平作用，比权的摆平作用更大，也更易于发挥。

当年，有对“改革开放”不满的人士，每拿离婚率说事，认为是社会道德的滑坡现象。

2000年后，忧虑之声渐敛——因为主张离婚权利的女性，不仅不少于男性了，似乎还有超过男性的趋势。时代之变革，为中国女性提供了前所未有的展现各种能力和才华的机遇，她们不再仅仅是家庭的“半边天”了，也逐渐成为社会的“半边天”了。女性是男性的老板，给男性发工资；女性是男性的领导，男性在职场上被指挥得团团转，唯命是从的现象比比皆是。学历高、官场或职场职务高、收入高、知名度高的女性越来越多，她们与各行各业的成功男士的接触面空前扩大，弃夫另择佳偶的意志往往表现得十分坚决。居住问题、子女的抚养问题对于她们已根本不是个事。她们往往向男士开出令他们满意的离婚条件，使他们最终几乎没有理由不在离婚协议上签字。但，官场上这种现象并不多，事业单位和国企也不多。因为以上三个平台，不论对能力强的男性还是女性，有着同样的公共要求。在私企和自由职业者群体中，她们的任性却不受任何限制。特别是在文艺界，是自由职业者的她们，还每靠离婚之事自我炒作，以提高知名度——知名度对她们很重要。

权、钱、色的交叉交易，也每每引发由女性“第三者”导致的离婚之事，社会将她们概言为“小三”。此三种交易中，尤以男性官员的行径为最丑陋。官方反腐统计表明，凡贪官，必“包二奶”，养“小三”。

回顾一下历史，我们不难获得这样的印象——权、钱、色的交叉交易，实为几千年来的人类社会常态。而在三者之中，钱色交易是常态的常态。如果排除权力在三者之中的丑陋现象不论，那么简直可以说，钱色交易乃人类社会的通则。从前是，谈到钱，当官的也拿不出多少。现在是，非官的富豪在全中国一点儿也不比是高官的男人少，这使“颜值”二字在中国具有了蓝筹原始股的意味。“红颜”一笑值千金的现象，在中国早已是不新鲜的故事。

却已没有人再絮叨离婚率了。絮叨也没谁听了。因为事实乃是，中国早就成为离婚率很高的国家了。

离婚率的高低，原因是多方面的，并不能完全说明一个国家的价值观怎样。但，若一个国家的离婚率与金钱对社会的影响力成正比，那也就没法不承认，金钱崇拜心理，是多么普遍地形成为一种价值观了。

在权、钱、色交叉交易泛滥得不成体统的时期，权、钱被崇拜的程度几乎是相等的。“反腐”力度加大以后，权力逐渐从交叉交易中退场了，钱色交易关系突出了——金钱为王的价值观由而至上独尊。

古今中外，人类的社会，一直有两类价值观现象并存。一种是现实存在性，一种是文化存在性。绝大多数人类不喜欢金钱至上的价值观，因为这个世界有一点迄今未变，那就是极少极少数人，拥有最多最多最多的金钱。金钱至上的价值观会使百分之九十九点九还多的人类感到活得悲催。但这是无奈之事，连以几千万人的牺牲为惨重代价的革命都没改变它，似乎更加证明了金钱至上是颠扑不破的“真理”。但人类又不能对自己憎恶又无奈的现象毫无作为，于是便靠了文化这一“软实力”来对抗它、否定它，冲淡它的影响，以使大多数人类觉得在金钱至上的价值阴影下，仍算活得有意义，有尊严，有自信，有幸福感。

某些国家在此点上做到了，而且做得成效卓然。尽管在那些国家的现实中，金钱实际上也还是为王的，却未必在价值观中至上了。这是文化的最伟大的功绩之一，也是人类在价值观方面最难取得的胜利之一。如果在此点上文化失败了，那么人类总体的在精神上是没出路的，会完蛋的。

在中国，以我的眼看来，前二十年内，文化有与金钱狼狈为奸之嫌。金钱企图在价值观领域至上独尊的本能野心，非但并没受到文化的有效阻击，反而获得了文化的取悦、献媚和帮衬。

所以，说到中国当下的价值观，人们台面上能说出很多，往往说得堂而皇之，振振有词。但，在普遍的人们的内心深处，金钱至上的价值观已坚如磐石，奠定了不二基础。

这才真是令人忧虑的事……

涨工资 那些事

知青是我的第一份“职业”。

当年我们黑龙江生产建设兵团知青的工资是 32 元。我所在的一团地处北疆边陲，享受 9 元的寒冷地区补贴，所以我实际上的工资是 41 元 8 角 6 分。

为什么还出了个 8 角 6 分，我至今也不清楚。

1974 年我上大学了。

1975 年兵团知青的工资普遍涨了 5 元，但与我无关了。

1977 年我从复旦分配到文化部再分配到北京电影制片厂，工资是国家规定的 47 元。

几年后逢一次涨工资的机会，却不是普涨，而是按百分之多少的差额涨法。

差额涨工资法是件不太容易进行得好的事——想想吧，一百人中仅二十人涨工资；五十人中十人涨工资；二十五人中五人涨工资——工资关乎一辈子的收入，还关乎到退休金的多少，谁能根本不重视呢?

差额涨工资法的过程却是相当透明的，也可以说很周到地体现了中国式的民主集中制。先要由群众选出资格评定小组，该小组必有领导成员参加，对小组起领导作用。接着要自己在本部门公开表明放弃或竞争的态度。若不放弃，自己则须在本部门陈述自己的资格，往往的，想不替自己当众评功摆好也不可能。

于是产生了第一批希望涨工资的人的名单。

当年的北影编导室五十余人，最终有十人获得广泛同意，由评定小组报到厂里，再由厂评定小组进行终评。

如此这般，想不民主都不可能，想不公平也不可能。厂评定小组内部掌握数个名额，以备某同志确有资格涨工资，却因为这样那样的人际关系原因在部门初评时没入围，可以由厂里特批。

当年我们编导室的评定顺顺利利，几乎是在一团和气的情况下结束的。全厂的评定也波澜不惊，没发生任何争执之事。这乃因为，北影是艺术单位，评起来简单——当编辑的组到过什么好剧本没有？当导演的导出了什么好电影没有？好不好，业内和观众反应便是公论，谁也无法将“有”否定为“无”，谁也无法将“无”偏说成“有”。申报人的贡献和成就是明摆着的，资格比不过别人争也没用。放眼全厂，演员及服、化、道各群体，透明度是相同的。

但以上顺利情况，是 80 年代以后的情况，是艺术单位的特性所决定的。

据我所知，在 80 年代前，在企业单位，每次以差额之法涨工资，全国都会发生若干起不良事件——有疯了的，有寻短见的，有怀恨伤人的。

对于早年间的中国人，一向也没什么实际利益可争的，涨工资遂成最大利益。比如在某工厂的某车间，众人同时上班，同时下班，各守一台车床；别人完成了多少工作量，我也完成了多少工作量；别人迟到的时候少，我迟到的时候也少；别人加班了多少天，我也加班了多少天；那么，凭什么给别人涨工资，不给我涨工资？资格差距不明显，仅给百分之多少人涨工资，很容易产生矛盾。不但有自己为自己争的现象，还有师傅为徒弟争、徒弟为师傅争、父为子争、子为父争、夫妻为对方争、对象为对象争的现象。其实，对于工人，涨一级工资，无非就是以后每月多了五六元或七八元钱而已。但在当年，每月多五六元或七八元钱，日子过起来还就是不一样。

当年的工人级别，最高八级。少数工种没八级，同是建筑工人，瓦工有八级，抹灰工就只有六级，因技术含量低于瓦工。而同是车床工，钳工的工资也比同级车工的工资高几元。

不论任何工种，在当年，八级工不但要技术高超，还须起码有一项技术革新成果。所有的工种都算上，从新中国成立以后至“文革”结束，全哈尔滨市也没几位八级工。

故八级工，往往又被视为“工人工程师”。

当年，在全中国，七级工也是不多的。能成为七级工，除了技术过硬，还须是多年的先进生产者或劳动模范。

当年，在全中国，不论哪一行哪一业的工人，退休时能成为六级工，那也足以令人刮目相看了。估计，全中国的六级工人，往最多了说也不会超过百分之五六。

当年，在全中国，一名工人能在成为五级工以后退休，便是很令工人阶级羡慕的事了。

五级是全体工人阶级退休前难以超过的级线。

所以，当年工人阶级按比例涨工资时的争，大抵是表现于五级以内的争。而五级以内（包括五级）的工资差，最大也不超过 10 元。

争还因为，当年涨工资，并无工作了多少年必须涨一次工资的硬性规定。此一次自己没涨上，下一次何年何月再涨，谁也说不准。而涨工资，同时也意味着级别上调了一次。80 年代前，许多二级工、三级工、四级工，十几年没涨过工资了。如果不是普涨，谁又能置身度外似的不争呢？——这样的人有也不多啊。

北影那次涨工资，我主动放弃机会了。

这倒不证明我有多高的风格，而仅仅是一种明智使然。我是编导室最年轻的新人，也是参加工作时间最短的人，一无任何贡献，二无任何个人文艺成果，根本没有被评定的资格。

我在北影的十一年间，似乎经历了两次工资普涨。1988年底调至中国儿童电影制片厂后，又经历了一次工资普涨。后来，全中国开始工资制度改革了——艺术单位，工资要与艺术职称挂钩了。像电影制片厂这样的单位，服、化、道工作人员包括灯光师，也要评出初、中、高三级职称。童影当年对以上几类同志的职称评定，主要集中于初、中级范围内。因为童影是新厂，他们皆年轻人，尚欠专业历练，来日方长。对他们的职称评定，基本做到了人人满意。童影导、摄、录、美四大部门的同志中，却不乏从业时间较长，水平较高的同志。也有从业时间虽然不长，却颇有成就的年轻同志，如由摄影改做导演的尹力、冯小宁，都导过获奖电影——按此点而论，都有资格评为一级的。但名额有限，若他俩评上了一级，从业时间较长的老同志则有可能评不上一级了。以后哪一年再评，也是谁都说不准的事。而若某人明明有评一级的资格，仅因名额所限，致使人家直至退休也不是一级而是二级，则不论对他们本人还是对评定者，都不能不说是憾事。

当年我是评定委员会委员。

我放弃了一级职称申报机会。这样一来，尹力和冯小宁委屈自己，也加入了二级职称申报者中。少了三名一级职称申报者，童影厂的一级职称评起来容易多了，却也带来了新问题——二级职称申报者又多了。

于是，我干脆连二级职称的申报资格也放弃了。

按起初打算是——一级职称厂级评定组要到郊区什么地方住下几天，不受干扰地将工作进行完毕。

我坚持这样一种原则——资格难分高低的前提下，按退休时间早晚排序，早退休者优先。这样的原则一经认可，似乎复杂的事完全可以简单来做了。有同志的申报材料很厚，没必要非看。谁的资格怎样，同事之间差不多是一清二楚的。

我们便没到什么地方去住下，两个小时内将事情结束了，基本都没意见。

我虽在电影厂工作，却主要致力于文学创作。而对于作家，那种评级没什么实际意义——作家是怎样的作家，最终要由作品怎样来证明，因而才对个人职称不太重视。

我记不清楚自己具体是哪年哪月评为一级作家的了——肯定是电影系统第二次评职称之后很久的事。那次我也没报个人申请，北影一级摄影家李晨生同志当年是总局评定委员会委员，一日他在路上遇到了我，说总局很重视对我的职称评定，认为这一次再不能“漏掉”我了，代表总局评定组告知我，他们一致同意特事特办，我只写份申请即可，创作成果部分可略。他们很急，因为把我的职称评定解决了，总局评定组才好正式宣布完成历史使命。

我便将他请到家中，当即写罢一页纸的申请，问他可以不可以。

他看后说：“我觉得可以。”

几天后，童影厂办的同志通知我：“你的一级职称通过了”。

当年事业单位的人们之所以对职称也很在乎，主要因为职称与住房分配挂钩。一级与二级，在住房分配方面有一定区别，相差二十来平方米呢。但这是理论上的区别，依各单位具体的房源是否充足而定。童影厂当年的房源极有限，分给我的住房已体现着对我的十二分的厚爱了，令我至今感激不尽。我的住房问题当年与我的职称实际上不发生关系，这也是我不太重视职称的原因。

几年后我调入了北京语言大学，我曾有过的文艺职级对我完全没意义了。我同样感激李晨生他们，他们对我真是十分厚爱。若非他们当年那么上心于我的职级之事，我可能会成为没有过文艺职级的作家。

如今，职级对于年轻一代文艺界的朋友，已没当年那么大的吸引力了。房改之后，绝大部分中国人已不能再分配到公有私住的福利房，职级与住房待遇脱钩，含金量大打折扣；文艺单位实行体制改革后，绝大部分变身为企业性质，而在企业人的工资结构中，效益工资占了不小的比重。如果单位效益好，大家的效益工资多于职级工资的那点儿差别。社会对文艺界人士的认可度，亦远超过职级的肯定性。在文艺界，对于老同志，职级似乎更是一种曾经获得过的荣幸；对于新同志，则是勉励方式。

然而不能因此认为，当年的职称评定毫无必要。回头看，当年的职称评定，确确实实体现了国家在改革初期，经济能力刚有好转的情况之下，对全体知识分子的及时关怀。

当年的中国，解放生产力是发展的首要任务。

而改善居住窘况对知识分子的长期困扰，有利于极大地激发他们投身于改革开放的丰富潜力。

在所有生产力中，知识性生产力是火车头。

故可以这样说，今日中国之辉煌成就中，也包含了各行各业几代知识分子的贡献结晶。

历史与现实一向有着重叠的部分。在现实的大地上，也一向不难发现从前岁月的投影——好的中国故事，更是从历史中走来的中国的故事……

评劳模 那些事

从前，评劳模这件事，曾是所有社会主义国家的现象。

如今，世界上社会主义国家已甚少，评劳模便成了全世界的稀有现象。

“劳模”是个总概念。在从前，各级政府都经常从单位、企业、行业中评选劳模。评是民主程序，选是集中方式。选的权威性绝对大于评——但这并不意味着，民主程序只不过是形式。事实是，在评选劳模这件事上，也许是中国将民主集中方法运用得相当之好的体现。

一般而言，全国评选劳模、三八红旗手，各地方评选先进生产者、模范劳动者、行业标兵人物。全国劳模和三八红旗手是劳动者所获的最高荣誉，这两项评选都不但发证书，还发奖章。而一个劳动者一旦被评选上了，往往会成为各级人大代表或政协委员。对各省和直辖市一级的劳模和三八红旗手也发奖章，但对地县一级的则只发证书，不发奖章了。

如今，各行业、系统也每进行评选，发奖杯可;不提倡、不鼓励甚至限制发奖章，以杜绝发奖章成风，保持“五一劳动”奖章和“三八红旗手”奖章的殊荣色彩。先有全国劳模，后有全国“三八红旗手”。因为，女性多是服务行业从业者，若与男性劳动者一并参与评选，其优秀性很容易受到轻视。另行评选“三八红旗手”，确实意味着中国对优秀女性劳动者的厚爱。在 1980 年代前，两项评选基本面向体力劳动者。1980 年代后，开始面向脑力劳动者，许多知识分子亦能获得两项殊荣了，如教师、医生、护士、司法人员、公安人员甚至学术有突出成就的专家学者、科研工作者。

无须讳言，评选各级劳模，初衷是为了激发普通劳动者劳动积极性，树立榜样，号召学习，以使高涨的劳动热忱在全国蔚然成风。

但是，也不能仅仅将此法视为刺激生产力的手段——在物质和金钱奖励不能广泛实行的情况之下，荣誉的颁予，体现着一个国家对于普通劳动者社会贡献的肯定。

将中国这样有七十年社会主义历史的国家与非社会主义国家比较一下，会发现在评选问题上的明显差异。特别是在经济较发达的西方国家，各行各业有影响的评选活动也很多，但面向普通劳动者的评选活动却少之又少。

这是为什么呢?

在那些国家，根本漠视普通劳动者的社会贡献吗?

我认为并不是那样。

差异与对劳动法的执行力度有关。

在那些国家，劳动法是极其具有法律神圣性的大法，其神圣性令社会各行各业不敢越雷池半步。也就是说，一名普通劳动者，除了不必是劳动模范，可以是其他任何方面的模范人物——如热心于社会公益事业的模范，组织业余文艺或文化活动的模范，见义勇为的模范，发明创造的模范，包括是好儿女、好父母、好公民。倘他们在后一方面表现出社会公认的模范性，可以成为电视新闻人物、杂志封面人物；他们的事迹会被报道，写成书，拍成电影；他们也将受到广泛尊敬。如果他们愿意，可以竞选州长、议员甚至总统。

这是因为，在那样一些国家，企业或单位大抵是私营性质，如果社会鼓励劳动者终日加班加点，不计报酬，埋头苦干，有一分热恨不得发十分光，劳动积极性超过对家庭的责任和热爱——那么将形同于使劳动者为各式各样的资产者卖命，以被剥削为荣。别国之文化绝对不进行此种引导和宣传，会将此种文化视为可耻的文化现象。

但中国的情况不同。在前三十年的中国，一切单位、企业皆属国有，包括三人以上的理发馆、饭店。而从早期的制度逻辑上讲，一切劳动者都是国家主人，也是一切单位和企业的主人。劳动者不论将自己的劳动能力发挥到多么强的程度，都等于是为自己劳动。为自己劳动理应不计报酬，理应倍觉愉快，不存在剥削不剥削的问题，更不存在是否违反劳动法的问题——而在别国，由于人和单位、和企业的关系首先是劳资关系，资本家企图以奖金为诱饵操控劳动者为其超时超体能地劳动，属严重犯法行径，必将受到法办。劳动者一厢情愿也不可，若妻子儿女告其不顾家庭，一告一个准，并且受到的只有谴责，绝无同情。

但，社会主义国家也罢，非社会主义国家也罢，在尊崇和宣传爱岗敬业的模范人物方面，一致的方面也很多，远多于差异。如客机、客轮、公交、出租车司机，警察、安保人员、消防队员，幼儿园、学校、医院、邮局、社保单位——总之在一切服务于大众的工作方面，凡有好人好事，媒体总是会第一时间予以宣传报道，政府总是会及时予以表彰。甚或，总统也会写信予以赞扬，甚至抽空接见。

这一种超越国家制度、文化差异的共性，说明在大多数国家之间，在基本价值观的取向方面，长期以来你中有我，我中有你——没有一个国家的价值观体系能脱离人类社会的文化进步而孤立存在。一时或可，长久，没门儿。

一个事实是——20 世纪 80 年代前的各行各业的劳模

人物，在民间大抵广受尊敬。对他们的评选，基本上是实至名归的。劳模劳模，一年三百六十几天，天天在劳动中，在劳动者群体中，许多双眼睛看着呢，能说不能干的人根本选不上，领导赏识，单方面拔苗助长不起作用——提干可以，评选劳模不行。

所以，完全可以这样认为，早期中国劳模，无一不是在普通工作岗位上任劳任怨，兢兢业业，埋头苦干，不计较任何个人利益的典型人物。

并且，大抵的，他们几乎全是不会说，只肯埋头苦干的人。一朝成为劳模，那么便终生成为只知奉献，甘愿远离一切个人利益，极其珍惜荣誉，无怨无悔之人了。

各级政府对劳模是爱护的，每年安排他们疗养，出席各类庆典活动。

略微分析一下中国民间早期对劳模的心理，有助于我们了解长期平均主义的社会分配原则下，民间百姓的思想演变过程。

如前所述，民间对劳模是尊敬的——但若一个人成为劳模后所获得的除了荣誉，还有物质方面的种种实惠，那么情况不久就会朝相反的方向发展。当年民间对劳模的心理，很像古代对“孝廉”人物的心理——似乎一个人一旦成了“孝廉”，就不但必须成为没有什么个人利益考虑的人，而且必须成为方方面面的表率。即使在微不足道的方面被认为言行失节（姑且不论是否符合事实），其“孝廉”资格也会大受质疑甚至攻讦。一方面，许多人都想争当“孝廉”；另一方面，成了“孝廉”的人，便几乎完全丧失了隐私。专有一些人以长了钩子似的眼经常盯着他们，企图发现他们有问题的言行；一旦发现，就四处投书揭发，有时直接转到了皇帝那里。古代的“孝廉”，便都有几分像契诃夫笔下的“套中人”，唯恐克己不严，对不起“孝廉”二字。他们中，有人终生贫寒，连有慈悲心的官员也怜悯的，却又不敢实行救济，怕坏了“孝廉”的名节。皇帝了解到此种情况，也没辙，每写给他们一封亲笔信，进行精神上的鼓励，物质奖赏是绝不赐予的。担心一旦开了口子，“孝廉”制度就偏了方向。

从前的劳模，不少人的家庭生活困难。各级政府即使看在眼里，疼在心里，往往在助济方面也很谨慎。民间对劳模的要求，接近于对劳动者中的圣人的要求。而圣人，在民间看来，应具有高僧大德般的无私无欲的境界。

所以从前的劳模，不少人的工资反而比同龄人还低。因为，若非工资普涨，而是有百分比的涨法，他们常会表态放弃，以符合劳模的境界。

他们社会活动较多。每次参加完活动，往往先不回家，直接回工地或厂里。他们往往比大禹还大禹，岂止三过家门而不入！

他们所获得的具有物质性的奖品，基本是笔记本、钢笔、毛巾、肥皂、劳保手套之类。

早年间发生过这样的事——单位或企业向劳模发了金星钢笔、香皂和一套工作服，于是受到劳动者群众强烈批评——金星钢笔是名牌笔，三元多一支；一套工作服起码价值五六元；发之，不是物质奖励又是什么？劳模的脸不也是劳动者的脸吗？有多少劳动者非用香皂洗脸呢？发块香皂不是小事；常用香皂洗脸的劳模，不脱离劳动者群众才怪了呢！

可以这么说，在从前，民间的极“左”思想也很厉害。

一个问题是——民间的极“左”思想是从哪里来的?

有些人习惯于将根源归于极“左”年代的影响，不能说没有一定道理。

但原因不止于此。

我认为更深层的原因是人性方面的，即在物质极为匮乏的年代，大多数人对物质的反应必然十分敏感，于是形成了一种“物质获得资格论”的社会现象。当官之人换了一处住房又换了一处住房，换了一辆车又换了一辆车；住房越换越大，车越换越高级，对这类事，民间很能容忍。若官不够大，比如县级干部，民间往往尚敢说三道四。若官够大，比如省级干部，民间则往往这么认为——人家官做到那么大了嘛，资格在那儿，似乎一切便都应该了。

所以，官本位在民间有很深厚的意识形态基础。

后来越发膨胀的官特权也是民间惯出来的。

但民间的眼在望向民间时，特别是在望向同类时，特别是在事关物质利益时，则换了另一种心态——荣誉谁爱争谁争，反正不实惠。至于物质奖励，那可得坚决反对!劳模不也是劳动者吗?也是劳动者不就也是和我一样的人吗？他们有什么资格啊？凭什么！

当然，这里说的是从前。

现在的民间，已经不像从前那样了。

民间进步了。

民间的进步，才标志着一个国家的根本性的进步！

分房 那些事

1949 年以前的中国，也是有“福利”分房一说的。当然，能享受到此待遇的人，皆各级政府官员——并非一律有资格，以职务高低和贡献大小而论。

进言之，自从有国家以来，分“福利房”的现象，在许多国家便都存在着或变相存在着。不分房，也分地。而分地，意味着一片土地上所存在的森林、河段、地下的矿、地上的大宅，皆为受封之人所有，并且可以世袭。

许多人都知道的，英国相府唐宁街 9 号，便是某世英王赐给有功之臣的。只不过对方高风亮节，没要，建议当成议会的永久办公之地，后来成了首相府。

1949 年以后的中国，从城市到农村，在接管各级政府，组建政权机构的同时，兴高采烈地所做的事之一也是“分”。

“收拾金瓯一片，分田分地真忙”——这是农村之“分”的景象。民以食为天，分田分地乃革命向农民的首诺，便也是革命胜利后全面开展农村工作的首务。解决了农民拥有土地的问题，同时要解决农民的居住问题。连年不断的战争，造成了大批大批的失地农民。农民而无土地，自然亦无居所。如鲁迅笔下的阿 Q，生前每在破庙中过夜。分田分地虽是首务，解决起来反倒相对容易。没有居所的农民众多，单靠将地主富农家的住宅分给他们是解决不过来的，于是寺庙、宗堂、经过改造的戏台，便也成为分给农民的居所。

如果说当年在农村进行的分房也算是一种“福利”分配，那么毋庸讳言，1949 年迄今，中国农民仅经历了一次分房。

当年的土改工作队，往往也没地方可住，只能在破庙里工作。

1970年代时，中国农村有一位可敬的“支书”，叫王国福，是当年的中央认可的模范“支书”。他的一句名言是“小车不倒只管推”，体现在他要带领农民过上幸福生活的恒心。当年没有“脱贫致富”这种口号。“脱贫”的提法，可能会被认为是对社会主义之成果的否定；而“致富”思想，尤其会被当成资本主义思想予以批判。当年的官方文字表述是——“改造旧社会遗留下来的农村的贫穷落后面貌”，这一长句子，是断不可以缩短为“脱贫致富”四个字的。

而王国福的感人事迹之一是——要使全村人都住上新盖的房子（可以肯定，村民们的房子都不成样子了），在实现这一愿望前，自己家绝不搬出土改时分给他家的长工屋。

另一个毋庸讳言的事实是——在1970年代的中国，只有少数农村的面貌发生了某些方面的改变，大部分农村的农民，仍像王国福那样，住在土改时所分到的居所里。

一个相关联的问题随之而来——二十年过去了，为什么不建砖场，鼓励农民自行烧砖盖住房呢？

不可以的。

农村而建砖场，烧砖还是只为盖住房，将被看成典型的带领农民走资本主义道路的现象。

即使王国福，他带领村人们所盖的也不是砖房，而是土坯房。并且，是顶着压力那么做的。关于应不应树他为模范，北京高层是有分歧，有斗争的。他的事迹终于得以被宣传了，是高层理性思想战胜极“左”思想的一次胜利。

某些过来人之所以对曾经主宰中国的极“左”思想深恶痛绝，原因也恰在于此——当年某些奉极“左”思想为《圣经》的人，他们对人民的愁苦生活是视而不见，极其漠然的。

也正是在1970年代，周恩来视察延安地区的农村时，被眼见的贫穷景象所震撼，泪洒为他举行的送别宴上，泣曰——延安人民曾养育过我们，他们如今的生活竟是这么的贫穷，我们太对不起他们，拜托了！……

而邓小平，则在全国学大寨工作会议上坦言——在有些农村，农民的生活与旧社会没什么两样，这种情况必须尽快改变，贫穷不是社会主义……

到了2010年，又四十年过去了。中国的绝大部分农民，吃饱穿暖不是个事了。农民们的居住情况也发生了明显的变化——这要感谢水泥和砖两样东西，除了少数特贫地区的农村，此时中国大地上的农村住宅，已基本实现了砖瓦化。南方经济繁荣省份的农民，甚至住上了令城里人羡慕的“大别墅”，有些盖得还相当漂亮。城市周边的农民自家根本住不过来，于是出租，月月坐收数目可观的租金，那一般是城市上班族的工资的数倍，每令后者自叹弗如。然而，这绝非分配性质的福利房，而是农民们靠自家财力所建。若非言福利不可，也只能说沾了改革开放的光。

尽管如此，特贫地区的农民们的生活，仍令有所了解的人们感慨唏嘘。时任贵州省委书记的栗战书在对贫困农村进行考察时，曾大动其容地说：“用家徒四壁来形容也不算夸张，对农村的扶贫力度必须加强！”

综上所述，我们便明白了这样一点，所谓“福利房”之福利，虽是一个中国概念，与中国农民们却是从来不沾边的——它仅是一个与城市人有关的概念。

当然，此点人皆明了，但有强调之必要。

那么，“福利房”分配，在城市又是如何进行的呢？

新中国成立后，分配住房首先面向的是各级干部，这一点也无须讳言。他们要开始管理和建设国家了，那就得先在城里有各自住的地方——现建是来不及的，房屋都是城市里原有的，无非易主一下而已。

如当时被选为国家副主席的张澜先生，在被敦促举家从四川迁入北京之前，国务院有关部门便要为他一家选择住宅。先生高风亮节，几次推拒，不肯入住较大宅第。后经周恩来亲自动员，以工作需要为劝词，才住进了一处不算太大，自觉住起来会心安一些的宅院。

我的岳父是抗日时期参加工作的“红小鬼”，随部队进入北京后，率人接管了前门箭楼，之后因一时没分到住房，居然有几年以箭楼为家，后来定了行政级别才分到了正式住房。

故可以这样说，新中国的第一次分房，主要是分给各级干部的，房源无一不是原有的。即使科长，也大抵会分到住房。只不过属权归公，仅有居住权。

当时之中国的城市，特别是大城市，没有稳定居所的流民甚多。为了便于城市管理，被一批批地劝回或遣送回原籍了。

当时的普通城市老居民，大抵住房狭窄。有的街区，环境脏乱差。新政府一时无力改善，仅能对恶劣的环境进行一定程度的治理——电影《龙须沟》反映了这一举措。在话剧《南京路上好八连》中，也有反映当时上海底层人家居住条件令人同情的片段。故，可以如是想——话剧《骆驼祥子》中的祥子和小福子等底层民众，解放前所住的那处拥挤破败的院子，解放后他们必然还住在那里，直住到1990 年以后的房地产业兴起，大拆迁时代来临。而《七十二家房客》中的那些人家，也不可能在 1990 年之前搬离该幢危楼。

工厂里的工人，虽然总体上被定义为“领导阶级”了，但终究不是革命干部。任何一名具体的工人，也就绝对不可能享受到只有干部才能享受到的任何待遇。在分房一点上，更无例外。

何况，当时之中国，工业落后，真正的工厂工人为数不多。在有的省，有的市，属于“小众”群体，还算不上是城市人民中的多数。政府关怀的温暖，也不可能优先向他们倾斜。

有一点却是可以肯定的——中国工人阶级的工资，从此有了稳定保障。即使某一个月或几个月欠发，补发不成问题。

1955 年后，第二个五年计划开始，大力发展工业尤其是重工业、机械制造业提上国家发展日程，工人群体迅速扩大，中大型工厂多了，中国工人的居住状况相应地获得了改善——但新建的中大型工厂一般不在市内，而在市郊。即使出现于市内，也是建在人口相对稀少的非重点区。

于是，中国此后出现了城市工厂区，市郊工业基地。以东三省为例，先后建起了沈阳重型机械厂、长春第一汽车制造厂、黑龙江省的富拉尔基工业基地。再以哈尔滨为例，列车制造厂挂牌了，轴承厂挂牌了，量具刃具厂挂牌了，拖拉机制造厂挂牌了，锅炉厂、电机厂也挂牌了。在市郊，出现了香坊工业区、平房工业区、“哈一机”工业区——它实际上是造坦克的军工厂。

又于是，一片片工人宿舍区产生了。

另一方面，教育、科研、医药医疗、新闻出版、文化艺术等单位也长足发展，便不可能不解决骨干队伍的居住问题。

在各行各业全面发展的大背景下，中国特色的也是社会主义国家特色的“福利房”分配拉开了帷幕。

工人宿舍，普遍是砖瓦平房。以今天的眼光看来，也普遍建得简陋粗糙，绝大部分没有上下水系统，更不可能有室内卫生间——几十户人家共用一处公厕，公厕尤其简陋粗糙，与今日之城市公厕完全不可相提并论。北方的工人宿舍也无取暖设备，分到宿舍的人家皆砌火炕。面积大抵 30 平米左右；一间 20 平米的里屋和 10 平米的外屋，外屋兼做厨房。以当时的国力和应急做法，只能建成那样。即使在北方，也非所有的工人宿舍都是砖瓦房，所谓“板夹泥”的更简陋粗糙的宿舍不少。当年的分配原则是——四口之家且无大儿大女只能分到一处宿舍；五口以上人家可多分半间小屋，当年的说法是“一间半”。小儿小女总是要长大的，长大了而又迟迟轮不到二次调房，居住情况就特别尴尬。通常是长大了的孩子住到外屋去，故“50 后”普通工人的儿女，许多人是每晚睡在厨房度过青春多梦期的。而若一户工人之家有一儿一女，儿女之间又只不过相差一两岁，那么或儿子或女儿，每晚就只能与父母同炕而眠了——尴尬就尴尬在此；对父母和儿女，都多有不便。

事业单位因为普遍在市区，所以事业单位的宿舍多是楼房。但也不是每户人家都有室内卫生间，一个单元有一处公厕就不错了，上下层人家共用。好在当年的宿舍楼都不高，一般三四层，最高五层，六层甚少。在那样的楼里，常见令人难以想象的现象——如厕往往也排队。若家有卧床不起的老人、病人或孩子，便也须备有屎盆尿盆。还有的楼房，因为建时做不到配备暖气设施，便也只能靠烧煤做饭取暖——楼道堆满家家户户的煤球；冬季里，楼顶的烟囱终日冒着煤烟。

事业单位知识分子们的分房标准，与工厂的分房标准相一致。

粥少僧多，事业单位和工厂的分房原则，都不可能不论资排辈。而如果事业单位是处以上单位，工厂领导是处以上干部，头头脑脑大抵不参与本单位本工厂的分房，另有条件好的住房分给他们，曰“组织部门分房”。

当年，关于分房的故事或事故，每在民间口口相传，是人们喜谈爱听的话题之一。事故自然是不好的故事，不好的故事往往传播广泛，如跳楼的，好同事好工友之间反目成仇的，持刀威胁领导干部的，精神受刺激疯掉的……从社会心理学上分析，人们喜欢传播那样的事，其实意味着对“公平”二字的重视。

而普遍的情况是，当年的分房基本上是公平的。不论在工厂还是在事业单位，只要分房，必成立各级分房小组，也必走群众评议的民主程序，众目睽睽，而且有论资排辈的种种详细规则在那儿摆着，想搞分房唯亲并不容易。

但同等条件之下，几个人十几个人甚至几十人中，房源有限，分给谁了没分给谁，一碗水端平亦非易事。这时候，分房小组领导对谁的印象如何起决定性作用。而某领导最后一拍板，自己也就陷于引火烧身之境了。

也会出现这样的情况——某人该分到住房实际上又没分到，领导保证下次一定优先考虑某人；某人也颇顾大局，没闹，觉悟很高地期待下次分房。终于盼到了下次，领导换了，比某人更具备分房资格的竞争者产生了，新领导不理前任领导遗留下来的“历史问题”了，某人岂能不大光其火？于是矛盾激化了。

在涨工资的事上，不乏师傅为徒弟争，徒弟为师傅争，不少人为一个人争的例子。那时，“公平”还体现为正义。但，在分房问题上，人人都为自己争，争不到替自己倍觉委屈成为常态；为他人争，替他人鸣不平的事不能说完全没有，有也不多。毕竟，涨工资所争，无非每月多七八元钱少七八元钱的事。而住房，关乎一家人更基本的生活质量，不由人不争。此次争不到，下次再分是猴年马月？没准的。也可能一辈子都没机会了——这是很多中国人当年在分房时所产生的心理恐慌。情形好比如今上班打卡的人们拥挤向地铁或公交车——想想看，若眼前是最后一班地铁或公交，自己挤不上去，须有多么强的心理素质才会处之泰然？

当年，在分房问题上，劳模、先进生产者，这种那种标兵，有突出贡献者，一向是被优先考虑的。即使不优先，也必加分。而当年的中国人，对劳模特别尊敬，几无攀比之人。

故像王进喜、孟泰、马永顺这样的全国劳模，都是较早住进“福利房”的人。当年的劳模，自我要求甚严，绝无在个人福利方面提任何优待要求的现象。关于他们的一切资料显示，他们的住房标准，与本单位本企业普通工人的住房标准毫无区别。此三位全国著名的劳模中，唯马永顺活到了房改之后。因为他家当年的住房情况就极一般，房改后便无个人益处可言。何况他家所住一直是林区工人的宿舍，如今也根本不值钱的。

因为我父亲是三线工人，母亲和我们几个子女不是随迁家属，我家便从未经历过“福利”分房，所住一向是房产属于私人房东的破败老屋；1960 年经历了一次动迁，面积大了几平方米，仍是贫民区简陋粗糙的住房。

1968 年我下乡后，连队的老战士多为 1966 年集体转业的军人，他们所住应算是“福利房”——连队统一建的土坯房，每户一间住屋一间厨房，总面积三十几平方米。指导员参加过抗美援朝，唯他家住屋大几平方米。指导员的儿子和副指导员的弟弟都已是成年人，住在我们男知青宿舍。连长与家属两地分居，所以没住房，与知青通讯员同住连部里间的小屋。

我曾问过指导员——咱们兵团不像农村，可供农民盖住房的土地十分有限。咱们的连队四周是广袤旷野，人们为什么不勤劳一点，将住房盖得大一些呢？你看家家户户的老战士，如果有了儿子，也将父母接来了，都住得多不方便啊！为了改善居住条件，号召大家义务劳动大家也愿意嘛。

指导员的回答是——不是勤劳不勤劳的问题。国家每月给我们发工资，如果我们为了都想住得宽敞点儿，把劲儿用在住房方面，那肯定不对，会受批评受处分的。

确实如此。有的连队，因为将住房盖得大了几平方米，指导员连长双双受处分。还通报批评，以儆效尤。

问题是——我们是在北大荒，不是在城市，不存在公地私占的性质。在极“左”思潮统治人们头脑的时代，任何提高个人生活品质的做法，即使并不侵占国家或集体或他人利益，那也是不允许的。

我从连队调到团部后，见团里干部们的住房条件也不比连里强多少，所住是砖瓦化的平房罢了。我们宣传股股长是现役军人，他家小孩子多，分到的也是一间住屋的住房。他有时嫌家里闹，宁肯在我们知青宿舍借宿。副政委是原农场老干部，三个女儿都已成年，也只不过住在有两间住屋的平房。

如今想来，即使在“广阔天地”，当年那种严格限制住房标准的制度，也不是完全没有其合理性——我们毕竟是生产建设兵团，存在的使命是多收获粮食，倘都比着将个人家园建得好些，全兵团就可能会在一个时期内变成“住房建筑兵团”了。何况，那时是备战年代，兵团地处北疆，战争一旦爆发，再好的家园也会毁于炮火之中。这一点，也决定了人们对住房的要求是——能凑合着住就行了。

我上大学后，我复旦老师们的家，也都是一室半的矮层楼房，面积都不超过四十平方米。当年一半左右的老师分不到住房，只能四处租房子住。

那时上海的大龄未婚青年多多，十之八九因为没有婚房结不成婚。有不少对恋人相爱久矣，最终还是因住房问题解决不了，彼此依依不舍而又明智地分手，这一点与如今工作在“北上广深”的外地青年们的处境十分相似。但如今的青年租房已非难事，当年则不同，年轻人的工资普遍才三十几元，而在市区租一处小住屋也得三十元左右，若再有了孩子，日子没法过了。租郊区农民的房子自会便宜些，但当年交通又不发达，班也就上不成了。

当年，只要算是一座城市，都有类似现象——不分男女的某人正上着班，却忽然吞吞吐吐地要请两三个小时的事假——后来当头的心领神会了，特别痛快地同意——夫妻双方约好了，各自按时请假，好赶回家去弥补一次性生活的缺乏。夜夜与非是小孩子的儿女同室而眠，只得白天请假回家满足一次夫妻双方的生理需要。

据说，在上海，在夏季，在某些公园，有夫妻双方带了小帐篷留宿于公园里的事。但，须揣上结婚证。否则，被巡逻的公园管理员发现了，也许会被双双扭送到派出所去。

我从复旦毕业分配到北京电影制片厂后，因没有宿舍床位安排我住，我只能在招待所住了半年。半年后，破例分给了我一间 11 平方米的小屋，在筒子楼内。所以破例，乃因我占了招待的一张床，影响招待所收入。

多年内，那小屋成为我的家，儿子在那个小家一直成长到上小学。

我在北影经历了第一次分房，我家由筒子楼的这一头搬到了那一头，面积也由 11 平方米扩大到了 14 平方米。此次分房，得益于老艺术家们。此前，谢添、陈强、于洋等老艺术家，也都住在小西天太平胡同的大杂院的老平房里，那些平房潮湿阴暗，终年缺少阳光；而且，他们的住房面积也都不大。北影遵照文化部指示，首先为他们盖了一幢“老艺术家楼”。而于洋由于当年还不老，竟无那幸运，仅搬入了一套 70 余平方米的小三居旧楼中。老艺术家们的住房条件一经改善，他们腾出的住房便可分给别人。于是，小范围内的北影人进行了一次住房周转，我成了那次周转的既得利益者。

当年，有两位中年导演是我的朋友——许雷和都郁。他们的爱人，都是芭团主力演员。北影没分给他们房子，他们沾妻子的光，住的是芭团分给她们的结婚房。两位朋友的家我都去过，都 14 平方米左右。除了张窄双人床，一张小桌两把椅子，再就摆不下别的家具了。那种窄双人床，也可以用如今宽单人床的概念来说。若夫妻双方一方较胖，夜里另一方会经常被挤掉床下。

我的父亲是新中国第一代建筑工人，走南闯北与工友们建过许多楼，退休后又住回到我家在哈尔滨的老房子里了，那房子已下沉了将近半米，窗台快与地面齐平了。

父亲第一次到我北影的家时，感慨良多地说：“儿子你有福气呀，刚参加工作就分到了福利房，这是多大幸运啊！”

我也承认自己很幸运，但却是多么脏乱差的筒子楼呀！公共用水池那儿，脏得简直令人望而却步。以至于访问我的日本老翻译家要解手，我带他去到公共厕所后，他在门口往里看了一眼，不肯进入。没辙，我只得再带他走十来分钟去往办公楼——办公楼的厕所相对干净些。

1988年，北影又盖起了两幢没电梯的六层楼，专为中年艺术骨干盖的。这一次，周转的范围大了，竞争也激烈了。握着菜刀拎着斧头闯领导办公室的事确实发生了——某些誓在必得的工人为了多争到一间周转平房失去了理性。而好友都郁恰在那一年病故，没能在新楼里住上一天。

就在那一年，我调入了中国儿童电影制片厂。童影当时是新单位，1982年盖起了一幢六层宿舍楼。我去时，七八对年轻夫妻两家合住一个单元，54平方米；住小间的人家优先使用小小的饭厅，共用厨房厕所。为了对我表示欢迎，童影将留作招待所的一个单元分给了我。而我从北影调往童影,是为了住房相对大点儿。当时我父亲患了癌症，我要将他接到北京治病，并要实现他希望生前与我共同生活一段日子的想法。

我的父亲于1989年秋病故。

童影于1994年又盖起了一幢高层宿舍楼，但只有几层属于童影，是童影出地皮，别的单位投资的互利互惠性质的“合盖”。虽然又有了几层宿舍，仍不够分。当时我还是分房委员会委员，为了化解分房僵局，我竟亲自将童影交给电影局的一把宿舍钥匙要了回来——当年广电总局有规定，各电影厂盖了新宿舍，理应支援电影局几套，帮助局里改善同志们的住房困难问题。当年局里的同志都说——那种事只有梁晓声敢做。

2002年，我调入了北京语言大学。

人事处负责为我办手续的同志问：“有住房要求吗？”

我说：“没有。”

他说：“其实你可以提出要求，趁现在学校还有房源。上次分房保留下来几小套，专为后调入的教师保留的，估计保留不了多久了。”

我仍说："没住房要求。”

上世纪80年代中期，曾有一部获奖电影《邻居》内容是反映高校教师住房窘况的。十四五年过去了，虽然中央加大了解决高校教师住房困难问题的力度，各高校一盖再盖宿舍楼，但高校教师队伍也扩大了几倍，总体情况仍是粥少僧多。

情况是我所了解的。

当时我想，童影厂分给自己的住房已属于厚爱式的待遇了，岂可脸皮太厚，在北语再插一脚？

果不其然，不久便有教师们纷纷找到我，向我申述困难，以种种理由要求增加住房。因我当时已是全国政协委员，他们希望我能替他们主持公平与正义。他们的眼，全都盯着那几套保留房呢。幸而我没要，否则肯定刚一入校就成为众矢之的无疑。

其实，我将他们的申述听下来，所得却是这么一种印象——什么公平啊，什么正义啊，还不是因为粥少僧多吗？在此前提之下，神仙也无法分配得绝对公平合理啊！做不到绝对的公平合理，当然也就遑论绝对正义了！

现而今，所谓“福利分房”早已成为历史，房改也已实行多年。更确切的说法应是——房改终结了“福利分房”这回事。屈指算来，此事曾在中国的城市里断断续续地实行了四十余年，是留在几代中国人头脑中的关于社会主义优越性的最深印象之一。

对房改的是非功过，至今众说纷纭，但一个事实恐怕是——今日之中国，城镇人口已超过农村人口，有七亿几千万之多了。对数量如此庞大的人口依然实行福利分房，中国还做得到吗?

某些对中国持今不如昔之看法的人，每将从前的时代描绘成理想时代，似乎中国人曾经历过比今天幸福指数高的岁月——他们每以福利分房为依据。

然而他们成心避开了这样一点——在 1980 年代前，究竟有百分之几的人享受过福利分房的福利？又有百分之多少的人至死也没享受过那种福利？两者之间哪种人多，哪种人少？当年的福利房，对于普通劳动者而言，又只不过是什么样的房？更多的中国人，是否是在 1990 年代后，才逐渐分到了较像样子的福利房？而90年代的中国，是从前的中国呢，还是后来的中国呢？

估计全国平均一下的话，当年可能百分之一都不到的中国人才有幸分到的福利房，是不是后来都成了垃圾房、危房，被一大片一大片地铲除了？再后来，更多的中国人家，是不是在棚户区拆迁中才住进了有上下水和供暖供气设施的楼房？

至于商品房价根本超出了普通百姓人家的购买能力，那是另一个问题；另一个问题要由另外的措施来解决，不能成为今不如昔的论据……

当年修房子那些事

当年之中国，与现在一样——人们的住房无非三类：公有的、私有的、存在合法或不合法的自建房。

上自省市领导下至各政府部门、军队系统、公安系统、企事业单位分给员工的住房，皆属公房。包括某些大厂分给工人的宿舍在内，一般都比较好，起码是砖房。住公房的人基本都要交房租。大干部、高等知识分子、文艺界名流交不交并不统一，据说有特殊贡献者享受免交优待；生活特别困难的工人也可免交。

私有住房指某些人家解放前买下的住房。既然属于私有，解放后便可买卖，但须交房租，因为所占土地已归属国家。

合法的自建房指经有关部门批准而建的住房，多属于工人之家——老父母从农村到城里来投奔儿女并将依靠儿女养老的家庭；自己的大儿大女结婚了却无房可住；总之人口多了原有住房根本住不开了，厂里又无房可分给他们，不批准自建怎么办呢？不合法的是指为了住得宽松点，虽未经批准但偷偷盖起来了，既成事实了，谁敢拆就跟谁玩命，或自寻短见；往往也就任其不合法地存在着了。当年也是讲维稳的，逼出人命总归不好。自建房面积都不大，最大也就二十来平方米。有人在那样的房子里结婚、生儿育女，直至儿女上了中学、高中、参加了工作，而自己老去了。工厂大抵在城市的偏僻区域或郊区，毕竟有自建空间，所建基本是土坯房。市中心楼房多，除了一层，二层以上没有自建的可能。而一层又大抵临马路的人行道，有胆量乱搭乱建也搭建不成；所以市中心没自建房。

1949 年后的哈尔滨市，在相当长的时期内，除了城市主要街道的改造和各级政府机关办公楼的兴建，在住宅楼的兴建方面并无大的举动。当年人口的增加尚不明显，最广大的市民从前的居住状况怎样，至 1980 年前后基本还怎样。当年没有“改善市民居住条件”这一提法。提了也白提，各级政府都没经济实力考虑此事。非但哈尔滨如此，包括“京上广津”等城市在内的一切中国城市，不分大小，概莫如此。东西南北中，绝大多数省会城市旧貌依然，县级城市破破烂烂。我是知青时的团部距黑河市 18 里，去过的知青这样形容它——“两条街道三个岗亭，一处公园四个猴”。而黑河作为一级“地委”所在城市，那时已有二十余年历史了。

具体再说到哈尔滨，“文革”前盖了一幢八层的宾馆曰“北方大厦”，在当年是哈尔滨人最津津乐道的骄傲之一。

老处级及处以上干部住的基本是老楼或独门独院的俄式砖房、日式砖房。那些公房自然是定期维修的，却也只不过是刷刷外墙、门窗，检查一下水电管道、线路。好在那些公房原本质量一流，无须大费周章地进行维修或改造。

科、教、文、卫系统的名流基本也住那类公房，但总人数毕竟是不多的。

私房的主人们也有所住条件很好的——他们大抵是1949年以前成功的或较成功的商企界人士或中医界名医。他们以前住的院子、房子肯定更大更多，后来一部分被充公了或自愿捐给政府了，但留给他们的家庭的部分，依然可算全哈尔滨市第二好的院子、房子。他们作为原房主不必交房租，维修便也是自家之事了。他们中某些人家住的房子，直至上世纪80年代，基本状况仍比较好。但另外一些私房，情况则甚不乐观——下沉了，门斗倾斜了，台阶木腐朽了，窗框损坏严重了，铁房盖漏雨了，雨水槽残缺了……何况有些私房不是砖体结构的，而是板夹泥的——多是俄式住房。

不少俄国人尤喜板夹泥的住房，与耗资多少无关，与审美的关系更大。板夹泥分两种——一种外墙镶木板，一种外墙抹洋灰。所夹之“泥”，也不是一般泥土，而是按比例掺入锯末子的混合土；如此这般的“泥”具有保暖和防火的作用。冬季，内墙一点都不凉。隔两三年，他们会将外墙用颜色灰料或油漆喷刷一遍，因而又簇新如初了。再配上他们中意的木栅栏围成的小前院，种上花树，自有一番童话式的美观。

但前提是，住这样的院子、房子，隔两年必得维修一次。倘一二十年内未维修过，结果就会不美好了。

它们的主人成为哈尔滨人以后，几乎谁家都没经济实力那么维修了。除“三名三高”人士，普通中国人的工资差别已很有限，绝大多数人家负担不起那样一笔开支。二十余年后，那些私房容貌改变——原本是洋灰外墙的，墙皮成片脱落了。当年不似现在，到处可见卖建材的小店，甚至每座城市都有建材一条街，什么建材都可以买到。当年，私人是很难买到砖瓦、水泥、沙子和白灰的，那些东西国家搞建筑还得经过层层批给呢。所以，主人们只得寻找黄土，居然能找到就不错了。又所以，他们的住房的外墙变成掺草的泥墙了。而原本镶木板的外墙呢，木板越掉越少，便也干脆统统拆下抹成泥墙了。至于粉刷，就别起那念头了。都变成泥墙了，还粉刷个什么劲儿呢！最令主人头疼的，是铁皮房顶锈了，破了，漏了。那种铁皮，长宽规格像壁纸，用铆钉铆在一起的，隔两年必须用油漆仔仔细细刷一遍。不那么维护，破损了毫不奇怪。一旦破损，也不能整张换，哪儿去买整张的厚铁皮呀！能搞到几小块就不错了——得向有关部门申请，为修房顶倒是会批给的。铁皮补铁皮，毕竟不像以布补布以皮子补皮子般容易；那是有技术含量的活儿，不是谁都能干的。倘补过了还漏雨，或更漏了，不是白费事了吗？又要买铁皮又要雇人补，无疑对许多家庭都是一笔不小的支出。一年又一年，渐渐地，原本美观的房顶就像叫花子的衣服“补丁摞补丁”了。原本窗口四边有木饰板的，自然也残缺不全了。原本的小花园呢，美观的木栅栏逐渐被树皮、树杈、带刺铁丝什么的取代了。

尽管如此，住那些私房的人家仍是受羡慕的，因为一般是两室一厅有单独厨房的，虽然厅都不大，偏卧也小。而普遍的百姓人家，对于“厅”尚根本没有需要意识，能住上四十几平方米的房就知足常乐了，厨房也大抵搭床睡人的。

工厂区有幸住上工人宿舍的工人之家，一般也就是一大一小两个房间的砖瓦平房，四十几平米的房子得五口之家才能住上，往往是三个孩子或两个孩子但有老人同住的工人之家，且要按入厂时间长短排队；排到退休前终于分到了便是谢天谢地之事。那种砖瓦平房很经住，所谓维修往往不过是由厂里换几片破碎的瓦，或正正无法关严的门，重砌一下倾斜的类烟囱。而工人们反映强烈的，通常是公用下水道和公厕存在的问题。别的城市怎样我不了解，像《功夫》中那种廉租的危楼，当年在全哈尔滨市少说也有近百处。

最令人们头疼的，是那些所谓自建房及前后或左右接出来的违建房。这类住房基本是土坯墙加油毡的房顶。在北方，油毡的房顶是很临时性的房顶，既不保暖，也容易在大风天被刮破。破了怎么办呢，用油毡补上就是。那是没任何技术含量的活，家家的男人都可以做好。哪儿破了，剪下片油毡用木条钉上，再多刷几遍沥青即可。一个时期内油毡是能买到的，后来又买不到了。房顶漏了的人家不得已，将防止小孩尿湿了被窝的一种油布剪成大大小小的油布片东一片西一片地补上房顶。油毡是黑色的，油布是酱黄色的，看上去具有“后现代”拼图的感觉。那种油布是在桐油中浸过的帆布加工成的，油纸伞的油纸也是那么加工成的。但油布终究也属于布，夏天一晒冬天一冻，第二年又漏雨了，必须再补。所喜在当年还有油布卖，价格不算太贵，否则房顶漏了的人家简直就没招了。

土坯房也是要砌地基的，它的主人们当年都买不起新砖，只能用到处捡的断砖和石头砌地基。备料往往不足，地基一般砌到稍微高出地面的高度就作罢了。所以，若某一夏季雨天多，土坯墙根就湿得半透了，内墙反潮姑且不论，还有墙倒房塌的隐患。

是故，每一户住土坯房的大人们，都深知护墙根的重要性。护墙根当然最好用水泥，但那年月一般人家也搞不到水泥呀，炉灰就成了好东西。家家户户都不会将炉灰白白扔了，而是用来培墙根。但是接连几场大雨过后，家家户户的土坯房都会湿到墙根的一米以上，于是人们又想到了用掺入炉灰的黄土抹墙的办法——那样做了之后，湿过的外墙在晴天里干得快。问题却是，冻了一冬天后，来年春夏外墙很容易因为黏性不够成片掉落。在农村，勤快的大人几乎每年秋季都从上到下将土坯房的外墙抹一遍，没有黄土，一般黑土也行。在东北，凡土必有一定黏性。拌入麦秸，抹一遍就厚一层。十年住下来，墙体比当初厚多了。然而在城市里还住土坯房的男主人们大抵是早出晚归的上班族，哪儿有时间每年抹一次房子呢？即使能挤出时间，适宜抹房子的季节往往也错过了。并且，每年哪儿去弄到所需的黄泥和麦秸呢？又不是小修小抹，需要的黄泥和麦秸是不少的呀。所以，黄泥掺炉灰，一向是他们平时对自家土坯房进行局部维护的方法。

实际上，如果用黄泥掺炉灰抹内墙的裂缝或补块墙皮、重砌一下炉灶，效果还是不错的。炉灰的作用虽比不上细沙，但比黄泥掺麦秸的效果看起来美观。

在从前的理发铺里，理发师傅理过发后常会主动问："头楂带走吗？"——他们为理发者备有包走头楂的报纸片。

人们带走头楂干什么呢？

以备抹墙时掺入抹墙泥里。头发多细呀，干后不着痕迹，却能起到与麦秸同样的牵连作用。但只有对原本齐平的内墙才会那样，而且即使对内墙一般人家也不会那么讲究，少数住俄式房的人家才会那样。

我下乡前，力所能及地将我家的土坯房之里里外外裂缝或掉墙皮处抹了一遍，也将炉灶和火炕的炕面重砌了一番。那些日子，我常因缺少黄泥和工具而犯愁，做梦都梦到砖、水泥、沙子、白灰和油毡以及抹子、瓦刀之类工具。我的工具却只不过是做饭用的铲子和劈柴用的斧头。

当年给我留下深刻印象的，是我一名中学同学家的墙根——他家附近的炼铁厂搬迁了，遗留下了几个篮球场大的积满铁锈的地方，铁锈近一尺厚。许多人家大人孩子齐上阵，土篮子破桶破盆都用上，争先恐后地挖起铁锈弄回家。他们将铁锈和炉灰掺入黄泥将自家墙根抹上一层，干后不但平滑有光泽无裂纹还防水。并且，是古铜色的，挺美观；这也算是从前物资极度匮乏的年代底层人民才智的体现吧!

当年我因为自己知道晚了，没能也弄回家一盆如法抹抹锅台和窗台，曾很沮丧。

直至2000年以后，不论是谁，只要坐在行驶于长江以北的列车上，当列车接近城市时，也不论那城市大或小，几乎总会看到铁路两旁有油毡房顶的低矮土坯房，而那些房顶上压着整砖或半砖，少则几块，多则十几块；像一盘盘象棋残局。倘无砖压着，油毡怕是早已被风刮到爪哇国去了。

当年之中国，住那种土坯房的城里人家不在少数。近二十年内，才逐渐从城市消除了。

而我成为知青后，最喜欢的劳动是抹墙。将一叉子和得不干不稀恰到好处的抹墙泥接在托板上，一抹子又一抹子厚薄均匀地抹上墙，会使我觉得那活干得特痛快，特舒心，特过瘾——因为我下乡前，从没能那么痛快地抹过自家的墙。我尤其爱干以水泥掺沙子来砌什么抹哪里的活——水泥呀，用正式的抹子而不是炒菜的铲子完成劳动任务，可是我下乡前梦里常梦到的情形呀！用瓦刀而不是斧头砍砖，一瓦刀砍下去，如果手中砖恰合本意地齐整地应声断开，那感觉是很爽的呢！

衣帽鞋袜那些事

一

在我记忆中，在我下乡前，似乎只穿过三次新衣服。

一次是五六岁时，大年三十儿的晚上，父亲从沈阳或吉林回家，给我买了一件新棉袄。当年东三省是重工业基地，身为东北建筑总公司一名工人的父亲，支援沈阳和吉林两省的大厂建设，工资是有补助的。收入多了，父亲高兴，就为我和哥哥各买了一件棉袄。晚饭后，我出去放小鞭，邻家孩子放的“滴滴花”将我的棉袄烧出了一个大洞。父亲很生气，扇了我一巴掌，从此我口吃了。关于我的口吃，在自己的哪一篇小文章中曾写到过；并且，也作为情节在电视剧《年轮》中出现过。

我第二次穿新衣服，是在小学二年级时。记得很清楚，已经入秋了，再过几天就要开学了，母亲为我买了一件紫色的秋衣。穿上新秋衣后，母亲命我去打酱油。我一路走得很快活，那时的我开始爱美了，新秋衣使我觉得自己的样子肯定挺神气。当年的北方百姓人家几乎都有盛酱油的大玻璃瓶子，可装三斤酱油。那种大瓶子，空的也不轻，装了三斤酱油后，对于一个小学二年级孩子挺重的了。我是抱着它回到家里的，放下后，新秋衣被酱油染了一片。即使有漏斗，往瓶子里倒酱油时也不可能完全不洒在外面呀。母亲命我立刻脱下新秋衣用清水泡盆里，怕不立刻那样酱油色洗不掉了。母亲并没责备我，只怪自己不该让我一次买三斤酱油。尽管洗得及时，新秋衣干后还是留下了难看的痕迹，也缩水了，穿着不那么合身了。在相当长的日子里，我挺恨那个小杂货铺子为我打酱油的男人。依我想来，他应该用纸替我将瓶子擦干净。

当年百姓人家的孩子能穿上一件新衣服是不寻常的事，所以我记忆深刻。两次新衣服上身，转眼就成了破的、难看的，足见我小时候是个倒霉蛋。

哥哥长我六岁，我经常所穿的是他穿小了的旧衣服。在从前，弟弟妹妹接着穿哥哥姐姐穿小了的旧衣服实属正常，家家如此，我也从没半点委屈感。

第三次穿新衣服，我小学五年级了，母亲用白布和蓝布为我做了一套队服。我已经是少先队员了，有一身队服是学校要求，必须的。如果连白球鞋也算上，商店卖的一套正规的队服十几元钱——两个弟弟都先后上学了，父亲已成了“大三线”建筑工人，每月寄给家里的钱却并不多。生活开销大了，母亲舍不得花十几元钱为我买一套队服，这是当年的我也能够理解的。全班有十几名学生的队服是母亲们做的，我是其中之一，不怎么觉得成为面子问题。

但，商店里卖的正规队服是制服样式的，领子袖子挺讲究，母亲们的手再巧也做不成那样。并且，队服的上衣是雪白的一种白，民间的说法是“漂白布”做的，布店里却不经常能见到“漂白布”，能买到的往往是一般白布。一般白布的布纹粗，白中泛黄，厚，然而比“漂白布”便宜，因为纺织工序上少了几道。即使白不白的姑且不论，样式如何也别计较，有两点却毕竟会使我们买不起正式队服的同学们尴尬——一是我们都不能同时拥有白胶鞋；好在当年有白鞋粉可买，才两三角钱一盒，可用多次，能将我们常穿的旧布鞋、胶鞋染得接近白色。如今想来，专以少先队员为销售对象的白鞋粉，与专以中学生为销售对象的两分钱一片的墨水片一样，都是为家庭生活困难的孩子们专门生产的商品，体现着一种特别人性化的生产理念，也可以说是社会主义优越性之一种。二是皮带问题。队服的正规穿法，是要将白上衣扎在蓝裤子内，而这就得有皮带。一条皮带的价格对于生活困难的人家是很贵的，有的父亲们一辈子都没扎过皮带，仅以布带子束腰，哪里会舍得钱为孩子买皮带呢？当年，“革”的生产尚难见到。即使已普遍了，若一户人家孩子多，那也断不会为了使孩子们个个都有一套正规的队服而给每个孩子买一条“革皮带”的。

所以，许多少先队员在被要求穿队服的日子里，只能依然腰系布带，不将白上衣扎在蓝裤子内。于是，情况往往这样——在学校举行某种列队仪式时，穿正规队服的少先队员排在前边，队服不合格的少先队员排在后边，这当然会使排在后边的学生自尊心受伤。

是的，在我头脑中，下乡前，似乎就有以上三次穿新衣服的记忆。

我上初一后，哥哥患了精神分裂症，两个弟弟一个妹妹也都上学了。家庭生活更困难了，我也就更难得穿件新衣服了。但父亲每年会往家里寄些他在工地上捡的破旧工作服，家里也有了一台旧缝纫机（母亲一度参加工作后下决心买的）——父亲寄回家的破旧工作服是他洗干净了的，都是很结实的小亚麻布的；而母亲很喜欢踏缝纫机，善于将父亲寄回的破旧工作服改成适合我们几个孩子穿的衣服。

我下乡前一年冬季，出家门时穿的衣服是“最北方”的——里边是秋衣，外边是没有外罩的光板山羊皮大衣，是母亲用父亲寄回的羊皮片拼做成的，而脚穿一双大毡靴，头戴从邻家卢叔收破烂的手推车上挑捡到的一顶旧狗皮帽子，毛快掉光了。我当年走在街上的样子，像北极人，也像电影或电视剧中的东北深山猎手。

来年六月我下乡时，穿的也是一身旧衣服。

二

如今回忆起来，当年北方城市人做衣所用之布料无非以下几种——平纹布、斜纹布、条绒布、小亚麻布、哔叽、呢子。

在我记忆中，平纹布似乎才两角八分一尺，是所有布料中最便宜的。顾名思义，其纺织纹理是简单的十字交叉式，由经纬二级纺成；薄，易洗，透气性好。由平纹布做的衣服不耐磨，不经穿。

斜纹布比平纹布贵些，大约四角几分钱一尺。是在平纹之上多纺了一道的布料，民间也叫“双层布”，自然厚些，看起来也高档些。也自然经磨，透气性却差些。

平纹布适合做夏季穿的衣服，凉快。大小姑娘的裙子多用平纹布做，发飘。平纹花布样式也多，因为从纺织工艺上讲，着色效果更佳，所以百姓人家的被面褥面多选择平纹花布；当年没有洗衣机，手洗省些力气。

平纹斜纹之间，每尺价格不过相差两角钱左右，但若一户人家上有老下有小，五六口人仅靠“当家的”一人所挣四五十元维持生活，便会以买平纹布为主。一尺相差两角钱，十尺就相差两元钱呢！几套衣服或两床新被面做下来，那不多花十来元钱了吗？当年，十来元钱对那样的家庭是极其在乎的；若向工会申请困难补助，一次十元必经多级批准方能领到。

即使在一般百姓人家，情况也往往是这样——老人和未上中学的孩子，通常所穿大抵是平纹布做的衣服。老人已不怎么干活，衣服无所谓经磨不经磨；没上中学的儿女，对什么布做的衣服也没要求的资格。是家庭妇女的母亲们，穿衣服的档次不可以高过老人们。若某儿女上了高中，那么他或她有资格和父亲也就是“当家的”一样穿件斜纹布做的衣服了。实际上，父亲们一年到头穿的是工作服，只在年节才穿上件斜纹布做的衣服。有的父亲们，即使在年节穿的也是省下的新工作服；从此点上说，他们真是名副其实的“工人”啊！

“哟，还是斜纹的！”

若别人家大人对谁家的老人或是小学生的孩子发此种议论，则弦外有音也。如果是对老人说的，有表扬其儿女孝心敬老的意思；如果是对孩子说的，则不无挖苦的成分。言外之意是——你爸妈可真舍得为你花钱!

条绒布又叫“灯芯绒”“趟子绒”，纺织过程加入了羊毛，所以有绒的质感。一道之隆起的纹路，使此种布料像呢子一般厚实，保暖性强，每尺价格几近斜纹布的一倍。

当年，对寻常百姓而言，条纹布是较高档的布料，多见于黑色、铁灰、深浅之蓝、砖红、桃红、青绿、紫色。

生活条件好的人家，喜用此种布料做半大衣；长不过膝的那种。穿条绒半大衣的，多是男女青年，起码是高中生；会使他们看起来很绅士，使她们看起来挺摩登。那种衣服多是在成衣铺做的，自己做怕一剪刀剪错了，糟蹋了布料。洗后也要熨，否则走样。又得在成衣铺做，又得熨，于是有了种阶层的标志。

我的父母 90 年代以后才穿过条绒布做的衣服，都没穿几次便先后辞世了。

当年我家五个子女，90 年代之前谁都没穿过条绒衣服。

回忆起来，当年我的初中男同学中，也没谁穿过条绒衣服。我也没见他们的父母穿过。

当年我们那条街上，有户人家的父亲是裁缝，从铺子里带回家一些紫色条绒布边角料，当母亲的用来为大女儿做了一双棉鞋。她已经是初二女生了，平日我也没觉得她好看过，但自从见到她穿上了一双紫色高腰棉鞋，她在我心目中就似乎变成小美女了。一日我俩同时出现在小人书铺里，她坐我对面，聚精会神地看一本小人书，我却心猿意马看不下去自己手中的小人书，不时暗瞥她的鞋。她穿的是红袜子，在棉裤腿和棉鞋之间露出一小截。又是红又是紫的，使我魂不守舍。用现在的说法是，当年那初二女生的那双脚，给我留下了极其性感的印象。后来，听是街道小组长的我的母亲说，她母亲向我母亲抱怨，学校不允许她再穿那样一双鞋入校门了，认为“很资产阶级气味”。她觉受辱了，一回到家就大哭了一场。

“我费了不少功夫才做成了那双鞋，孩子也挺爱穿的，不许穿不白做了吗？”

她母亲如是抱怨。

我母亲则说，学校有学校的规矩，不往学校穿就是了。告诉咱闺女，在咱们街道地面上穿，我这个小组长绝不干涉。姑娘家穿双好看的鞋怎么了？黑色的就可以，紫色的就是个事了？阶级是用颜色来分的吗？什么政治水平！……

当年我很支持母亲的态度，认为我母亲的话才是有水平的话。而那个初二女生所穿的紫色的棉鞋，是“灯芯绒”给我留下的最深刻的印象。

小亚麻布是相对于亚麻布而言的。

亚麻布主要用于工业方面，当年一切轮胎的内里都要衬一层亚麻布，估计现在也仍如此。军用帐篷、车篷、罩布、船的帆布同样要由亚麻布做成。故亚麻布的别一种说法是“帆布”，“小亚麻布”即纹理较细的帆布，主要用来做钢铁厂的工人、电焊工、车床工、煤矿工、搬运工和消防队员的工作服。一般的布衣，火星溅上了就是一个洞，小亚麻布的工作服不会那样，极其耐磨。

一般居民人家不会用布票买小亚麻布的，想买也买不到。但是以上工人的父亲们，一年四季经常穿的却是那种工作服。以上工人不在少数，所以小亚麻布衣服也算中国人当年所穿的衣服之一种。我父亲当年从四川寄回家的破旧工作服都是小亚麻布的，所以下乡前的我和弟弟们，经常穿小亚麻布的衣服裤子，由母亲用缝纫机“改造”过以后，更厚了，走路都会发出摩擦声，却极板挺，像布做的夹克。我是复旦大学工农兵学员时，曾在江南造船厂“学工”，分在女子焊工班，焊工皆二十几岁的姑娘。除了睡觉，她们每天穿工作服走在路上和在厂里的时间，比在家里不穿那种工作服的时间多得多。在当年的我看来，如果工作服做得样式美观，会使穿着的女性具有一种特殊的美。现在我明白了，除非工作需要非穿不可，不论男女，是不宜经常穿那种质地过硬的工作服的，因为会限制动作的灵活性。久而久之，易造成不同程度的关节病。

在当年，哔叽和呢子是最高级的布料，一般人肯定是买不起的，一般的裁缝铺子也不敢接下活做。据说，全哈尔滨就两家裁缝铺子敢接那种活，一在道里，一在南岗。南岗的专为各级别干部们做；道里的为其他有身份有地位收入高的人士做，如大学教授、重点中学校长、文化艺术界名流、大厂厂长和高级工程师们。

我下乡前，仅在现实生活中见到过三个穿哔叽和呢子衣服的人，都是男人。一次是学校组织参观东北烈士纪念馆时，学校请了一位离休老军人做报告，是原东北军的一位将领，后来加入共产党，建国后授大校军衔。他穿一件旧的黄呢军上衣，胸前佩数枚勋章。同学们说，他的上衣是“将校呢”做的。第二次是“文革”中，在批斗一位文艺人士的现场，他身旁的架子上悬一套看上去特别高级的中山装，批斗者们说那是出国演出装，回国后被“据为己有”了，但他自己坚持辩诬，说是领导“奖励”给自己的。那日我终于见识到了“哔叽”衣服是什么样的。第三次的时候我已经是黑龙江生产建设兵团的知青了，兵团推荐我到省出版社实习。一日，老社长出现在编辑部，穿一件旧的灰呢大衣。他视察离去后，编辑们说他是十一级干部，为他配有一辆上海牌专车。

除以上三次外，我再就只在电影中见过穿哔叽和呢子衣服的中国人。

依我想来，当年，全中国的县长或县委书记们，估计也是不大穿哔叽或呢子衣服的。他们经常出入农村，穿那种笔挺的衣服，肯定会给别人以脱离群众的印象吧？

在兵团，我见过正副司令员、某几个师的师长，都是现役军人。正副司令员都是少将，师长们都是大校；但当年也都不穿“将校呢”的军装了，因为军服制度改变了，军服多是斜纹布、“的确良”或“的卡”做的了。

1980年代初我参加工作后，为父亲买了一件呢子面的羊毛大衣，但父亲实际上没穿过几次，说“太沉了”，并不多么喜欢穿。父亲是在冬季去世的，大衣随父亲火化了。

如今，在中国，在秋冬两季，已经很少有人穿呢子大衣了。羽绒服的样式太多了，要买厚的有厚的，要买薄的有薄的，比之于呢子大衣，保暖性和轻便性都更受青睐。而“哔叽”这种衣料的衣服，似乎已经不见了——它未免太笔挺了，会使穿上的人变得像“压模人”，而胖人穿上又很不好看。

至于“的确良”“的卡”一类衣服，有几个从80年代过来的人没穿过呢？从前的中国人，曾以穿那种衣服为时兴，以穿布衣为“落伍”；后来，意识到穿衣服嘛，还是以布料有几分棉或毛的成分为好，于是开始选择“混纺”的了；再后来，对有化纤成分的布料、衣服开始排斥了，买前往往会一再问:“真是纯棉的吗？”——又于是，“假纯棉”的布料或衣服充斥市场，正所谓“十年河东，十年河西”。工业之发展自然对人类造福多多，但若论到“吃穿”二字，则还是几千年的农业文化所积累的常识、经验和成果，更符合人类的健康需求。

三

从前，东三省的冬季，平均气温似乎比现在要冷。哈尔滨是中国最北方的省会城市，故哈尔滨人一年里戴帽子的时候比不戴帽子的时候多。

最晚 11 月初，哈尔滨人就戴上棉的或皮的帽子了。这一戴，往往戴到 4 月中。因为，3 月末 4 月初，很可能还会下一场大雪呢。

孩子们和学生们大抵戴帽子，便是两层布内续了棉花，做出了可在颏下系住的长帽耳朵那一种。而且，大抵是洗过的，旧的，父兄戴了几冬的。几乎所有底层人家的母亲都能做棉鞋，但能做棉帽子的却很少很少。比之于做棉鞋，做棉帽子的难度大得多。若家有缝纫机，难度自会降低一些。但在我上中学前，百户底层人家中，估计有缝纫机的也就几户。买一顶棉帽最便宜也得五六元，基本是父亲戴小了给长子戴；当哥的戴破了，当妈的补补，于是轮到当弟弟的戴了。棉帽子怎么会小呢？因为戴过一冬后必然脏了，夏天里是要洗洗的。一洗，就缩水了。棉袄可以拆洗，再续些新棉花。棉帽子拆洗不得，一拆洗就难以做上了。整洗几次，不但小了，棉花也不保暖了。所以，戴着那样的棉帽子过冬，居然也冻伤了耳朵是常事。在北方的冬季，不论男女老少，戴口罩的现象也比比皆是。戴口罩不是为了过滤空气，而是为了保护脸颊、鼻子不至于在户外被冻伤。“嘎嘎冷”“唾液成冰”“北风像刀子似的刮人脸”——在如此寒冷的情况之下，若置身户外太久且棉帽不够保暖又没戴口罩，“冻掉了”鼻子或耳朵不仅仅是传说。如我们偶见的烧伤了鼻子耳朵的人一样——在从前，在北方，“冻掉了”鼻子耳朵的人也那样。北方人冬季戴的口罩甚至也是夹了棉花的棉口罩；商店里可以买到，大女儿们也会帮母亲为家人做。

除了棉帽子，父亲们和已上班的兄长们，则往往会戴皮毛帽子。常见的是狗皮的、兔皮的、山羊皮的或绵羊皮的——绵羊皮的比山羊皮的要高一个档次。绵羊皮的又分出一般绵羊或羔绵羊、卷毛绵羊皮的三种。都是绵羊皮毛，保暖性没什么差别，美观性决定了价格之高低。普通百姓人家的父兄，若能戴顶绵羊皮的帽子就够舍得花钱的了，少有戴羔羊皮的、卷毛羊皮的或“羊剪绒”帽子的，那种帽子大抵是皮面而非布面的，价格往往会贵到二三十元——当年谁贪污了或偷了那么多钱是要判刑劳改的。在当年全国各地的劳改农场中，因事涉二三十元判刑而终身接受劳改者大有人在。

更高级的过冬帽子是驼绒的、狼皮的、貉皮的、水獭皮的、猞猁皮的。驼绒帽子自然产自新疆或内蒙，属于跨省商品，所以贵。狼皮确实比狗皮毛长，也更暖和。貉皮毛更长，系上帽耳朵，足以护住左右脸了。猞猁在当年也是稀有野生动物，但当年中国人保护野生动物的意识不强，山里的猎人以猎之为幸，其皮可卖高价。而水獭皮的帽子，属于过冬帽子的极品，能戴此等帽子的男人，如果还是较新的，定属高等人士。用民间的话说是“非显则贵”——

那样的帽子，一定会与呢大衣、皮靴或棉皮鞋集于一人之身。戴狗皮帽子羊皮帽子的男人，在城市里也是多数，他们早出晚归，往往顶风冒雪地骑着自行车去上班，不重点保护是不行的。林场工人戴貉皮或狼皮帽子者司空见惯。若身为林场场长，头戴一顶其毛蓬蓬的狐皮或猞猁皮大帽子，亦不足为奇。而赶长途马车，爬犁的“车把式”们，则也多戴貉皮帽子，那对于他们相当于名片或行头。

“五一”后，再护头的人也不再戴过冬的帽子了；紧接着，单帽子又上头了。东三省男人们爱戴单帽子，与当年自行车的普及有关。凡有自行车的男人，皆属上班族。五月的北方刮风天多；刮风天一少，下雨天又开始了，早晚骑自行车上班，不论头发多的男人还是头发少的男人，不戴单帽非明智之举。到了 9 月，夏季过去，刮秋风的日子又多了，单帽子同样摘不下。过了“十一”没多久，棉帽子又得上头了。

单帽也分布的、呢子的和皮的；样式上又分牛舌帽、前进帽和干部帽三种。孩子和小学生一般不戴单帽，初高中生才戴单帽，大抵是布的，也大抵是牛舌帽——帽遮形似牛舌，较深，帽沿往往压住半个额头；大约从 60 年代中期开始，大厂的中青年工人多喜欢戴“前进帽”，宣传画上炼钢工人戴的那一种，帽顶与帽遮成一整体，会使人看去更精神，有朝气，所以叫“前进帽”；“干部帽”当然是各级干部常戴的一种，较浅，这是考虑到大多数干部头发已不再浓厚的原因，没必要做太深。“干部帽”大抵浅灰色，而学生帽、工人帽多为蓝色，也不太会是呢子的。浅灰这一种颜色，直至如今，在世界各国，仍是有地位的男士常穿的衣色，西方人曰之为“高级灰”。若工人、学生穿“高级灰”的衣服，戴“高级灰”的单帽，给人的印象似乎便不对劲。看来，颜色具有阶级性也不是什么秘密。

棉帽皮帽也罢，单帽也罢，对于北方大小男人，不仅起到保暖防冻的实际作用，同时像如今之女士们的挎包一样，也体现着对于自身社会地位的认同、形象美的追求、甚至虚荣心的满足。

“的确良”开始流行后，“的确良”单军帽大受爱美之心强烈的北方城市青年的青睐，抢军帽的现象时有发生，有的青年，当年为了满足虚荣心，一时冲动，曾使自己的人生付出过惨重代价。

东三省的女性，不论城市的还是农村的，冬季出门必扎头巾。一般的布头巾防止被风吹乱了头发或遮灰挡尘还行，护脸御寒是肯定不起作用的；起码得是棉毛头巾，即粗毛线织成的头巾，价格比布头巾贵一倍还多。一“入九”，棉毛头巾也不顶事了，往往还要在头巾外再戴顶棉帽子。农村多见此种情况。从前农村社员寒冬腊月也需出工劳动，而农村比城市更冷。在城市，机关女性、知识分子女性所青睐的是各色兔毛头巾和羊毛头巾，比棉毛头巾又要贵不少。兔毛头巾不多见，大抵是养兔的农户自己纺线织成后卖到城里的，他们也经常在城乡接合部的自由贸易市场卖兔毛线。那种市场被取缔后，城市里扎兔毛头巾的女性随之而少。羊毛头巾只能从商店买到，因为某一时期内哪儿哪儿都买不到羊毛线——是为了保障羊毛头巾的销路。于是，扎羊毛头巾的城市女性，像戴皮面毛皮帽子的男士一样，也成为家庭经济实力优上的证明。但民间总是有民间的应对策略，于是有走街串巷的人专收旧毛衣、毛裤、毛坎肩，收到后洗洗，拆了，将线纺接起来再染染，在黑市上出售，或织成头巾卖。买的人即使明明看出是拆旧翻新的，因为比商店里卖的便宜，而且毕竟是羊毛的，亦觉买得挺值。“三年困难时期”以后，也向城市居民发毛线票了。若某户五六口人，所买毛线够织一套成人毛衣毛裤或几件头巾的了。于是，普通人家的女性，便也有羊毛头巾可扎了。若以毛线票送人，则像送人粮票一样，比送人烟酒票更使人愉悦。由于可以买到毛线了，长围巾产生了。长围巾能有多长呢？最长两米，算上穗长，两米还多，不但可将头包得严严实实的，还可围颈一匝，且仍有所余垂于胸前背后。女性们最喜欢的围法是一端垂于胸前，一端垂于背后，如长辫子姑娘的双辫的垂法，不但充分保暖，看前看后也都很美观。

那种长围巾，起先是民间产物，其问世需如下前提：

一、家庭经济状况较好，衣食无忧，舍得钱买许多毛线织一条长围巾；

二、家中儿女不会超过三个，大抵两个——一男一女或一对姐妹；

三、女儿必已参加工作，能挣钱了；

四、她对美是敏感的，父母支持起码不仅对其追求；

五、她是织物能手且善于创新。

总而言之，在北方，在冬季的城市，长围巾一出现，不久遂成时髦，进而成为时尚。像有了工作的青年第一年大抵会为自己买一顶上档次的过冬帽子一样；许许多多参加了工作的姑娘们，也急切地想要拥有一条美观的长围巾。纺织厂发现市场需求太大了，这才忙不迭地也开始生产长围巾。

一个事实是，关于衣着方面的时尚，根本不可能是由底层人所引导的，主要是由所谓“上等人士”或中产阶级儿女引导的。前者所引导的，往往影响至中产阶级为止，再往下就影响不了，因为平民百姓受经济能力所限，对于体现于“上等人士”之身的时尚通常是追求不起的，而中产阶级所引导的时尚，则既可影响平民百姓，也可影响“上等人士”。

故中产阶级所引导的时尚，比“上等人士”所影响的时尚具有更广阔更持久的市场前景。

如今，在北方，在冬季，不论城市还是农村，出门在外的女性，极少见扎头巾者了，围长围巾早已成为普遍现象。

四

关于新鞋，我下乡前的记忆非常有限——只记得还没上学时，一年四季脚上所穿基本是母亲起早贪黑做成的鞋。不论做单鞋或棉鞋，做鞋底是最麻烦的事，从前有种专由百姓人家的母亲们做的家务叫“裱袼褙”，即先打好一盆浆糊，将较结实的布头一层层裱在木板上，大抵是裱在洗衣板或菜板背面。裱了七八层后，晒干或烘干，另外再裱七八层。裱够了五六片七八层后，画上鞋底的样子，用专穿粗麻绳的大针一针针沿边缝在一起，剪下；于是一只鞋底出现了。再接着，需一针针一线线在鞋底上纳出一排排一行行的十字花来。一只成人的鞋底，怎么也要纳出近百个十字花。再大的针也不能直接扎透“袼褙”，得借助锥子和顶针。顶针分两种，一种凹点小，是用来做一般针线活的；另一种凹点大的，是专为纳鞋底用的。锥子是细腰蜂形的，中间的细部，起到缠住麻绳，将其勒紧的作用。城市里是买不到麻绳的，需母亲们用平时留意捡到的粗麻绳头纺成。那也很费事，先得将麻绳头拆散成麻丝，浸软，根据纳鞋底所需的粗细来纺。无须纺车，某些人家备有纺麻线的吊架吊锤，在儿女们的协助之下可进行纺线；实际上是一种拧的过程。

这本是一种很古老的做鞋底的方式。自从产生了布，鞋底便是那么做成的。到我小的时候，中国农村的妻子们，母亲们，大抵还在那么为丈夫和儿女们做鞋。买鞋对于当时的农民而言是极奢侈的事，妻子们母亲们不做又怎么办呢？我这一代百姓人家的母亲们，原本曾是农村女子，她们将在农村做鞋时的技能带到城市里，想想也是很自然的事。虽然，丈夫们的鞋一般已不必她们再做了，但老人们还得穿鞋呢，孩子们还得穿鞋呢，若一家中上有老下有小，不做全买，哪儿买得起呀！

鞋底做好后，一双单鞋便完成了三分之二；一双棉鞋才算完成了一半。

我上小学三年级时，对母亲为我做的鞋是一种无所谓的态度。那时我更在乎的是书包怎样；书包打补丁会使我觉得有失颜面，鞋露大脚趾了却并无怨言。上四年级时，仍很在乎书包怎样，但同样在乎起鞋来。那时我的两个弟弟也上小学了，为三个儿子又做单鞋又做棉鞋的，母亲力不从心了。母亲做的鞋没上脚前摆那挺好看，穿一两个月后，不是走样了就是这破那破了。记得一年开春，道路特别泥泞，在放学回家的路上，母亲为我做的起初挺好看的高腰鞋的鞋腰湿后塌软了，我几乎是当成拖鞋穿回家的，一路上同学们都取笑我。我一回到家就大哭起来，说母亲为我做的是一双“假鞋”。母亲打了我一巴掌，自己也哭了。

我上小学五年级时，母亲有了临时工作。她用第一个月的工资，为我和两个弟弟各买了一双夏季穿的胶鞋。从此以后，母亲不做鞋了，想做也难了，因为总熬夜为我们缝衣服补裤子做鞋子，害下了极严重的眼病。往后的十余年里，母亲有工作的时候比没有工作的时候多，我们兄弟四人和一个妹妹的穿鞋问题不再是件愁事了。间或的，兄弟之间，隔一两年不定是谁常会穿上双新鞋。

“文革”前，塑料凉鞋开始在全国时兴起来。初时比胶鞋贵，不久比胶鞋便宜了。不论男鞋女鞋，样式挺多。我中学的同学中，男女生都算上，夏季穿塑料凉鞋的超过三分之二。塑料凉鞋受欢迎的方面是，下雨天可当雨鞋，不怕湿，洗起来容易，不管多脏，沾水一刷，几下就干净如新了。女生们另有喜欢的理由，便是颜色多，并且，有半高跟。却也有不被人喜欢的方面——尽管是凉鞋，但使人脚汗多。

那时，胶鞋的样式也多了。出了一款叫“网球鞋”的胶鞋，分蓝白二色，细瘦，透气。还出了一款“回力”牌的高级篮球鞋，鞋底是橡胶加海绵的，据说可增加弹跳力。班上有几名穿“网球鞋”的男女生,穿“回力”鞋的仅三人，一男二女。男生是校篮球队的，两名女生是区中学生篮球队的。她俩可以凭证明买到打折的“回力”鞋，那名男生的“回力”鞋是求她俩代买的。全价将近10元钱,即使打折，一般同学也不敢想。有的女生，仍喜欢黑色的家做的扣绊布鞋——对于女中学生，那是很传统的布鞋；有的喜欢配穿一双雪白袜子，因为看过的某部电影中有“五四”女中学生的样子，给她们留下了深刻的美的印象。我当年看过的电影很少，头脑中并没保留下她们那种记忆，却也觉得别有一种美感。但那样的女生并不多，较多的反而是不穿袜子而穿黑色扣绊鞋的女生,她们都觉得自己的脚白。确实，她们穿了一冬季棉鞋的脚普遍挺白，便有意无意地显示。

一过“十一”，对于北方人，进入了一个乱穿乱戴的时节。某日天冷，寒气乍袭，早上如初冬，怕冷的人就提前换上了薄棉袄。于是厚袜子派上了用场；可笑的现象是，有的男生既穿厚袜子也仍穿塑料凉鞋。那是因为家庭生活困难，除了脚上那双塑料凉鞋，另外再没有鞋了。同学们都明白这一点，绝不会取笑他们，而他们是最早穿上棉胶鞋的同学。

所谓棉胶鞋，是一种厚胶底细帆布鞋帮的鞋。鞋帮之内，或夹棉花，或夹毡片，是最便宜的一种过冬鞋。以男性而论，从中学生、高中生到大学生到工人，百分之九十五以上穿棉胶鞋，一律黑色，区别只不过是新旧而已。

有的中学女生也穿棉胶鞋，但大多数中学女生穿棉布鞋，家做的或买的。棉胶鞋无男鞋女鞋之分，一种样式，穿在脚上像娃娃鱼头，想使之美观点是根本不可能的。若一名中学女生是家中爱女，即使家中经济状况不算好，穿不上一双买的棉布鞋，甚爱她的母亲也会提前为她做好一双的。一般而言，母亲们为女儿们做的棉鞋，样式和保暖性绝不比买的差，有的比买的还好看；因为母亲们也是在通过女儿展现自己做鞋的水平呀。

若一名中学女生穿的是家做的好看的棉鞋，那么她在女生中是最受羡慕的；证明她是爱女嘛！

若一名女生穿的是买的棉鞋，证明她家的生活水平挺优上，也暗受羡慕。

若一名女生穿的是一双和男生一样的“娃娃鱼头”，并且是旧的，还打了补丁，那么普遍的男生内心里是同情她的，对她反而更友善。

若一名男生与同学争论什么时似乎非占上风不可，并且还穿双新胶鞋，对方往往会讽刺他：“不就是穿了双新的‘粘鱼头’吗？神气个什么劲呀你！”

确实的，不是大家在每个冬季都有双新的棉胶鞋可穿，多数男生的棉胶鞋是旧的，补过的，穿了两三个冬季的；大家穿那样的棉胶鞋过春节很正常。

我下乡前没见过几个穿皮鞋的男女。在我们那所中学，在夏季，我仅见过一名穿半新黑皮鞋的别的班的女生，而且仅见过几次；她的父母也都是中学老师。

在 1980 年代前，皮鞋这一种鞋，与百分之九十九以上的中国的大人孩子无关。穿皮鞋的国人，比如今住豪宅、开豪车、戴名表、用名包的人少得多。

当年,一双“大头鞋”也极受中青年男人羡慕——鞋头、鞋帮、鞋跟全包了翻毛牛皮;鞋内有厚厚的羊毛;鞋跟是一寸多高的厚牛皮一层层压成的,特别结实,也特别保暖。就是太沉了,一双大号的将近五斤重;原本属于发给东北地区野战军、边防军、公安干警、消防队员们的冬季配装鞋,“特供”有余,转批给了民间的“后门”单位。美观是谈不上的,保暖却是别的任何鞋没法比的。

1966 年至 1968 年 6 月之间,是我初中毕业下乡之前的时期。这一时期我再没穿过新鞋,所穿或是父亲从四川寄回家的劳保鞋,或是邻居卢叔收破烂收的破旧鞋。父亲寄回家的,是他在工地上留心捡的,刷洗过了,修好了。卢叔收回来的,若我挑选了,只能自己修补。

那两年间,我除了将我们的家里外掉墙皮的地方抹好了,将火墙、火炕、锅台翻修了,还学会了补鞋。当然并没拜师学,算是无师自通吧。棉胶鞋的其他部分好补,对于我难补的是鞋尖,因为看不见针,常扎手。较容易修的是塑料凉鞋——将断开的地方削薄,将刀片烧红,以削薄的地方夹住，捏紧，同时缓缓抽出刀片，往往一次就可大功告成。自然，烫伤了手的情况在所难免。

我是知青的六年间，冬季一向穿的是棉胶鞋。大约在第三年，黑河市的商店里忽现男女“高筒”皮靴，靴腰几乎及膝，绝对是上等牛皮制作，售价近 50 元。我们团因地处寒冷区域，有 9 元多寒带补贴，平均月工资 41 元多。连里几名男女知青买了那样的靴子，但也不可能穿那么高档的靴子参加劳动呀，参加军训也不对头哇。连长指导员都只不过穿“大头鞋”，战士穿双那么高档的黑光锃亮的“高筒”皮靴站在队列中算怎么回事呢？所以，穿着那种靴子的知青在出早操中一亮相，立刻受到了严厉批评。

连长生气地训他们：“朱德总司令和十大元帅们建国后还没穿过这么高级的靴子呢！你们名曰战士，实际上也是知青，是来接受再教育的，每月挣 40 几元工资找不到北了，想干什么呀？！”

“用自己挣的钱买的，这属于个人自由。”

“我们这也是促进生产嘛，没人买，厂家和商店岂不亏死了？”

他们中有人颇为不服。

指导员接着训道 :“本连队绝不给你们这种自由！谁敢再穿，我批准，没收！什么促进生产，鬼话！ 50 来元钱花在父母身上，孝敬孝敬他们，或为弟弟妹妹买几件衣服，就不能促进生产了？本连队就是不惯你们这种爱臭美的毛病！”

连长指导员态度强硬，后来那几名知青还真不敢再穿了。只能带回家去，冬季探家时穿着过一把“耍帅”的瘾。

以前我只在战争内容的小人书中、电影中见到高级军官穿那种靴子，而且是外国军队的高级军官——在现实中从没见过，可算开了眼了。

此事也能间接说明，当年的知青，因有兵团与插队的区别，命运情况是多么的不同。

50 来元——大多数插队知青一年才能挣那么多钱，而且算挺幸运的了。

五

在北方的冬季，光脚丫穿棉鞋是不明智的，再保暖的鞋也会影响保暖。特别是学生和上班族，几乎一白天脚不离鞋，不穿袜子的话，即使新鞋，不久便会先从鞋内将鞋穿坏。棉袜子既是为了增加保暖性，也是为了保护鞋里子。

所谓棉袜子，无非便是厚线袜子、毛线袜子、毡袜子。我上中学前，化纤混纺织品尚未出现，厚线袜子是指双层的线袜，穿着很舒服。缺点是毫无弹性，穿几天袜口就松了。若鞋大，走着走着，袜口就移到脚心了。家长们为是小学生的儿女买的或做的鞋总是会大些，希望儿女能多穿几年。故当年的小学生做操时，在体育课上跑步时，经常会蹲下身去，不是踩鞋跟了，是提袜子。

我是中学生后，化纤与棉线混纺的纺织品出现了，比纯棉线袜贵，但因为结实耐穿，弹性强，极受青睐。不似现在，人们即使买双袜子，也要问是不是纯棉的。倘不是，往往就走开了。

纯棉线袜子也罢，化纤混纺的也罢，新袜子像新鞋新帽子一样，也是当年的小学生中学生不敢奢望的——我这一代人中的大多数，当年穿旧衣服、戴旧帽子，穿旧鞋子旧袜子已自幼习惯了，对得到新的每会受宠若惊。即使父亲们穿的袜子，往往也是经母亲们的手补过的。当年不少人家有袜底板，是专为母亲们补袜子用的，一般是木制的。却也有铜的，少见，属于老物件。证明在解放前，生活较好的人家，也不是一双袜子一旦穿破就扔了的。连袜底板都是铜的，足以间接证明日子过得不差钱啊。

有的母亲们，入冬前会为丈夫做一双布袜。布袜非是一般样式的袜子，而是像高鞋帮的鞋一样的袜子，双层的，夹棉花，既保暖，又舒适。她们的年龄一般不超过中年，出嫁前便是做针线活的能手；并且夫妻感情好，孩子少，也并未与老人共同生活，日子过得比较省心，有那份精力和心情来做。

若已是老夫老妻了，儿女多，又没工作，还得照顾老人，那样的母亲们就没精力没心情为丈夫做双袜子了。丈夫们再舍不得花钱买呢？那就没别的办法了，他们只能穿鞋前用旧布包脚了。在北方，在城市，大男人们那样穿上棉鞋不是稀奇现象。百姓们谁家的旧布都不少，被面、褥面、衣服、裤子破旧得不能用不能穿了，母亲们就会将还算结实的部分剪下收起来，以备缝补什么时用，也为丈夫们冬季包脚时用。

若连“一家之主”都没有双袜子可穿而用布包脚，儿女们又有什么资格不那样呢？但若女儿已是中学生了，则可能成为那样的家庭中唯一有双袜子可穿的人。男人女人有别，在底层，也体现在对将是“大姑娘”了的女儿们的穿着的优待方面。同是中学生，女孩子在外人眼里穿着得是否体面，似乎尤其关乎父母的面子，一户人家的面子。

在我成为中学生至下乡前的几年，冬季里经常以包脚布代袜子。我家兄弟四人加一个小妹，都穿袜子是买不起的，穿袜子的优先资格属于四弟和小妹，他们年龄尚小，不会用包脚布。

每天晚上脱鞋上炕后，我们都会将包脚布压在炕席下；早上再用时，已烤得热乎乎的。还能用则隔几天洗一洗继续用，不能用了扔了也就是了。习惯了，倒也不觉麻烦了。

当年，城乡差别也挺大的。但在生活的许多细节方面，几无差别可言。这许多方面，普遍体现于城市的底层人家。因为底层人家的父母若不将是农民时的生活方式照搬到城市，日子是很难往下过的。

当年，干部人家的生活方式，能以最快的速度城市化起来。并且，会比老城里人的生活方式更城市化，城市化到更讲究的程度；尽管，身为干部的人，以前也是农村人，甚至是出身贫苦的农村人。

我这一代人中，只有极少数冬季里会有双毛袜子可穿，其中包括干部家儿女。

至于毡袜，往往只出现在林区的供销社里。林业工人工资高，他们的工作主要在野外进行，毡袜对于他们实属必要。

从前，洗澡那些事

关于洗澡，我只有一次童年记忆——记不清是哪一年了，大约是五六岁时的事。春节前，父亲从外省回到哈尔滨探家。除夕晚上，亲自烧了几壶热水，一次次兑在一只大盆中，为我和两个弟弟洗澡，哥哥充当父亲的助手。

当年，绝大多数北方人家是用不上自来水的。家家都有水缸，很大，一米多高。水缸一般在厨房，到了冬季，若厨房冷，怕将水缸冻裂，就得搬入住屋。所谓住屋，即有炕晚上睡人的屋子。那样的屋子也许并不暖和，却肯定不至于冷到能将水缸冻裂的程度。我家的水缸冻裂过，花钱请锔缸师傅锔了七八个锔子后，搬放到住屋的一角了。以后再没往厨房搬，唯恐第二次冻裂。果而那样，就得买新缸了。当年买一口新缸 10 元左右，普通的底层人家，不到万不得已，是舍不得钱买新缸的。

为了能使我和两个弟弟洗一次澡，哥哥天黑前将水缸挑满了水。我家的水缸是大号缸，若使水满，得挑两担四桶水。我家只有一间住屋，十五六平方米。冬季住屋也得生炉子，除了炕，再有一口大水缸和两只摞在一起的箱子，屋地所剩的面积很小了。

我们洗澡的大盆，直径将近八十厘米。有一户街坊早年间是开染房的，遗留下了那么大的一只盆。母亲为了让我们除夕夜洗成澡，预先与街坊增加亲密度，成功地于除夕夜将那只大盆借回了家。它再往地上一摆，站在盆两边的父亲和哥哥几乎就转不开身了。

为了将我和弟弟的身体洗干净，父亲用上了发给他的劳动牌肥皂。那种皂碱性特别大，最适合建筑工人们洗帆布工作服。所谓帆布，真的是可以做船帆的布。用那种布做的工作服，极耐磨。但一湿了，就挺硬，搓起来特费劲。父亲他们的洗法是，打上劳动牌肥皂，用草根刷子刷。

在那一年的除夕夜，父亲和哥哥互相配合，用借来的盆，用去污性强的“劳动皂”，在家里为我和两个弟弟洗了一次澡。站在盆边的哥哥负责抻直我们的胳膊和腿，父亲负责用打了“劳动皂”的毛巾搓洗我们，兼顾着加热水。

如今回忆起来，颇似一场家庭仪式，也颇似饭店烤乳猪前的刮毛工作，先为两个弟弟洗的，最后才轮到我洗。父亲认为两个弟弟身体小，洗起来快，而若反过来先为我洗，时间长，盆水凉得也快，费热水。轮到我洗时，盆水确实已经不热了，壶里的水也没达到可以往盆里兑的温度，而大半盆水变成酸豆汁那种颜色了。那次被洗澡的过程并没给我留下什么美好的回忆，有三点我却记得十分清楚——为我们洗完澡后，父亲和哥哥一抬盆，漏了一地。有人坐在盆里时，盆底与地面接触得紧，漏水也不明显。没人坐在盆里了，漏水的情况就不同了。幸而我家是土地面，可以赶紧用炉灰垫。而母亲还盆时，一说盆漏，惹得街坊甚为不悦，一口咬定原本并不漏，是被我家地上的什么硬东西硌漏的；这使母亲觉得非常冤枉。而初一一早，我和两个弟弟一觉醒来，皮肤都很疼，“劳动皂”的碱性烧伤了我们的皮肤，父亲为我们搓身时手劲未免太重了。

保留在我头脑中的关于洗澡的第二次记忆，是我成为中学生以后的事——也是春节前，有户邻居家买到了一吨好煤。那户人家没男孩，最大的女孩小我一岁。我初二，她初一。我帮邻居家的叔叔将煤铲入煤棚中时，天已黑了。他给了他女儿两张洗澡票，命她陪我去公共浴池洗澡。去到那里需走半个小时，乘公交仅一站距离，也得花五分钱，不划算，所以，我俩走去的。那是我第一次在公共浴池洗澡，特别特别享受，泡在水中不愿出来。往家走时，身子轻得仿佛都能飞起来了。邻家女孩用省下的乘车钱买了两支冰棍，我俩边吃边走，她还挽着我。已经晚上八点多了，路上都没行人了。她一点儿也不怕遇到坏人，因为挽着我啊！实际上，应该说是我陪她到公共浴池去洗澡。不管怎么说，留下的记忆是美好的。

两次洗澡记忆之间的十余年，我究竟是如何过来的，每年在家洗几次澡，怎么洗的，一点儿也不记得了。推测而言，夏天时，也就是冷水擦身算洗澡罢了。

我成为知青后，在夏季，洗澡是经常事了。不论连队还是团部，附近都有小河。男女知青每每结伴去河边洗澡，男知青一处地方，女知青一处地方，无碑有界，从无过界之事。而冬季，皆在集体宿舍兑一盆热水擦身。

我是团宣传股报道员时，居然又享受到了一次泡澡的幸福——与股里的知青上山伐木回到团部后，宣传干事老陆见我出汗最多，悄悄对我说："跟我来。"

我问："哪去呀？"

他说："带你享受一下，别声张。"

老陆是大学生，所以我们尊称他"老陆"。

我不知他说的"享受一下"什么意思，半信半疑地跟在他身后。他将我带到了一处有浴池可以泡澡的地方，与城市里的公共浴池毫无差别。我调到团部一年多了，此前从没听说团里竟有那么一处可以用热水洗澡的所在，而且除了我俩没别人。我的身子一没入水中，确实觉得无比享受。还出了一段小插曲——那里是仅供团首长洗澡的地方，老陆兼是团长秘书，便也有资格享受特殊待遇。那天又是星期日，满池清热之水，倒被我俩最先享受了。第三个去往那里的是参谋长，他悄没声地找来了两名警卫班的知青；三个没脱衣服没脱鞋的男人，很突然地出现在老陆和我眼前。

参谋长为什么会那么做呢?

因为我的一双鞋引起了他的怀疑——当年我瘦，脚也瘦，穿的是一双37号的翻毛皮鞋。而老陆个子高，脚大，穿的是一双大头鞋。两双鞋脱在浴池外，不论谁见了，都会怀疑一男一女正在里边同浴。后来，那事成为宣传股的笑谈。

在我的知青岁月中，在北大荒，就享受过那么一次洗热水澡的幸福。

成为复旦大学的学生后，真正说得上是洗澡的次数自然多了，却也不是每天都可以洗的。在我记忆中，似乎以系别分出了洗澡日，凭学生证方可入内。而我们中文系的洗澡日，似乎规定在星期六。

洗热水澡这件事，一旦不成其为难事，渐渐便没了享受感、幸福感。然而对于普通的中国人，能洗一次热水澡毕竟还不是一件常态的事。所以，即使家在上海的同学，即使周日，也都宁可晚点儿回家也要在学校洗罢一次澡。因为，如果不是高干子女，谁在家里也不可能洗上热水澡。

当年，上海的冬季室内怪冷的。虽然我是北方人，起初也难以忍受室内的阴冷，不得已买了热水袋。而洗脸洗脚时若不往盆中兑些热水，也会使人不愿碰水。我们中文系同学住四号楼，四号楼是留学生楼，共四层。留学生们住在四层，供暖。以下的楼层我们住，不供暖。但二层的公共洗漱间有暖气，估计是出于向四层供暖的维修工作的考虑。我虽非理工男，但有时也会脑筋急转弯一下，产生出某些利己智慧。于是四处留意，寻找到了一节塑料管，套在暖气片的放气阀门上。每天早晚洗脸洗脚时，将塑料管另端放入冷水盆中，拧开阀门，片刻排出的热气会将冷水喷热。别的同学见了，依法而做，遂成公共福祉。

不久前见到一位中文系同窗，彼笑曰："不少当年的中文系同学挺感激你。”

我问何出此言？

彼答："当年多亏你有创造精神，使我们在冬天也能享受到用热水洗脸洗脚的幸福啊！"

我成为北影人后，洗澡更是经常的事了。每周六公共浴池开放时，每可在其内见到谢添、谢铁骊、于洋、管仲祥等老演员和名导演。有时，还共用一个花洒。那种情况下，关系自然亲近起来。我老父亲与我同住时，每周六必洗澡。对于他，洗热水澡是晚年的幸福之一。

我调到中国儿童电影制片厂后，厂内当然也有公共浴池，也是周六开放。并不住在童影宿舍的同志，皆在厂内洗罢澡才回家，几无例外。当年，对一切单位而言，有无公共浴池是单位等级划分的标准之一，而每周能在单位洗一次热水澡，也是中国单位人的重要福利之一。

记得有一次，厂里开职工代表会议，讨论内容是要将每周免费洗澡一次，改为卖澡票，每张两角。我是坚决的反对者之一。并表示，宁愿由我个人出每年因烧洗澡水而烧的煤钱。童影人少，因烧洗澡水一年用不了几吨煤的。

我之所以坚持，实际上是觉得，免费一旦变成收费了，虽然只不过是象征性的，那也会使福利打了折扣，破坏我和大家洗热水澡的幸福感。

大约 2000 年后，我家也安装了热水器。

那时父亲已病故，母亲住在我家。

第一个在家里洗上了热水澡的是我母亲。

小阿姨帮她穿衣服时，我从旁问："妈，幸福吗？"

母亲由衷地说："当然幸福啦。妈这辈子也没痛痛快快地洗过几次热水澡啊，能不觉得幸福吗？"

隔了会儿，她又忧伤地说："可惜你爸走得太早了，一次也没享受到这种福。"

母亲的话，也使我忧伤了。

如今，许许多多的农村人家也都安装了洗澡热水器。

如今，为了省时间，我理发后基本不洗头，宁愿回到家里冲一次热水澡。

如今，开会驻会时，洗漱间明明有浴缸，也并不想享受泡澡的幸福了，每天淋浴一次就不错了。往往，由于懒，连淋浴也不。我住过的宾馆，有的洗漱间颇大，装修也很上档次，既有淋浴设备也有浴缸，使我不禁会这么想——多么好的洗浴空间，我却不想泡个热水澡，太对不起它们了。

如今，据我估计，大多数宾馆、饭店、会议中心客房的洗澡间里，浴缸基本是摆设。人们已普遍认为淋浴才是卫生的洗浴方式，泡热水澡已不属于身体享受。

我家洗浴间不大，也就没有浴缸。

但对于我，在家里就能洗一次热水澡仍是一种享受，并仍觉得一种幸福。每每，会由而想到父母以及全中国千千万万我这一代儿女的父母们——他们中许多人生前，从没能够住进楼房，在家里洗过一次热水澡，更没坐过一次自己家拥有的汽车。

那曾经是他们的中国梦吗？

我想，大多数的他们，估计连那样的梦都不敢做的。正如 45 岁以前的我，住在没有厨房没有私家卫生间的筒子楼里的我，而家只不过是一间 14 平方米多一点点的四壁多年没粉刷过的房间的我，不敢梦想自己后来能够往上单元楼房，有单独的写字间，可以在家里上厕所、洗热水澡，而且，摆一台跑步机……

我这一代人的前半生以及我父母那一代普通中国人一生都不敢向往过的中国梦——如今，毕竟在许多方面成为现实了。

故我这个中国老男人，关于我们的国家，现在已很敢有更高的要求和梦想了——为我们的下一代，更为下一代仍健在的爷爷奶奶、姥爷姥姥们。

我也会经常在内心里这样祝祷——中国的老人们，老寿星们，好好活呀，中国应该带给你们的福祉，从前是太少太少了，少到不知从何说起的程度！但以后，肯定会更多起来的。

你们活着时能享受到的国家福祉越多，后人的内疚便越少，国家的发展意义才越大！

从前，购粮证那些事

在很久很久以前……哈，我自己都忍不住笑了，像讲童话似的。实际上，购粮证退出咱们中国人的日常生活，只不过是三十几年前的事罢了。

从前的说书人，对三十几年前的事，往往也习惯以“早年间”来说。这说法挺民间，还挺文学，有民间文学的意味。那么，何不借来一用？

话说早年间，在咱们中国，凡属城镇人口，出生的当月，便享有一份国家规定的口粮。按说吃奶的婴儿吃不下粮食，不应享有一份口粮——当年国家向民间供应粮食的政策蛮人性化的，考虑到母亲十月怀胎不易，一朝临盆，身体必消耗巨大之能量，在“月子”里，需哺乳婴儿，亦需恢复自己的体质，所以怀孕三个月或四个月后，便于平常口粮之外，每月另行补给一斤小米、一斤大米、一斤白面，豆油也会相应地增加二两。三种特供细粮，允许按个人意愿只买一二种，但三斤的总量不得突破。而婴儿出生后，虽然还不能吃粮食，家庭成员毕竟实际上多了一口，且哺乳时期的母亲为了保持奶水充足，细粮需要大了，故又特供三斤细粮。尽管仍是补给母亲的，体现在购粮证上，却是婴儿名下那份了。当然，并非全国统一的规定。对有城镇户口的孕妇及婴儿实行口粮供给方面的照顾是大原则，各地可按各地的具体情况落实。

婴儿出生后的头等大事是顺利地落上户口。普遍而言，其名字也就被添在购粮证上了。

户口和购粮证，如一个人的动脉和静脉。何为动脉，何为静脉，较真地掰扯没甚必要。总之，哪一脉出了问题，一个城镇人的生存就大为不妙了。

当婴儿成长为小学生了，他或她便已享有 14 斤口粮供给了；小学五年级后增加到 16 斤；初一增加到 18 斤；初二增加到 20 斤；初三增加到 22 斤；高一增加到 24 斤……

高三学生的定量是 28 斤。

28 斤的口粮定量是什么概念呢?

小学老师中学老师每月的口粮才 28 斤半。

怎么会出现半斤之差呢?

从理论上讲，这种区别也体现为一种公平——高三学生已是成年人，其口粮与老师们不应有明显区别。但老师们属于脑力劳动者，而学生非属劳动者，所以还是要有微小区别。

老师也罢，高三学生也罢，都属于知识分子。早年间，在东三省，凡属知识分子，口粮皆是 28 斤半。“28 斤半”，也是早年间东三省知识分子的自我戏称。

但不论在小学、中学或大学，体育老师们的口粮都会多点儿，大约 30 斤。

工厂车间工人即操作车床的工人们，口粮似乎是 32 斤。

重体力劳动者，如钢铁厂的工人、建筑工人、搬运工人，口粮似乎是 34 斤、36 斤不等。

煤矿工人的口粮是 38 斤或 40 斤。

当年，在全国，口粮最高的是东北林区的伐木工人——45 斤。

这乃因为，黑龙江省的伐木工人中，当年出了位全国劳模叫马永顺，是历届人大代表，多次受到毛泽东和周恩来接见。他多次极力地替东北伐木工人鼓与呼，终于由周恩来拍板，将他们的口粮特定为 45 斤，涨幅不可谓不大。

伐木季主要在冬季，冬季的东北林区，严寒每至零下四十度以下，伐木工人不多吃点儿，身体热量不够，干一会儿，出一阵汗，之后就顶不住冷了。

工种特殊，劳动的自然环境特殊，给他们定 45 斤的口粮，连煤矿工人也没意见。

在我记忆中，似乎男孩女孩在成长期的口粮定量也有区别——女孩的口粮一直比男孩少一斤，参加工作后才在脑力、体力劳动和工种同类的前提之下持平。

不论成年人还是未成年人，粗、细粮的供给结构却基本是相同的，以黑龙江省而论——每月小米一斤、大米二斤、白面五斤、豆油半斤，其余为高粱米、玉米粒子、玉米面。

若一户六口之家的人口结构是这样的——一位老人，中年妇夫双方，三个孩子，那么他们每月的口量如下：三斤豆油、三十斤白面、十二斤大米、六斤小米，其余为粗粮。看起来不少，但一平均，每天只不过一两豆油、一斤白面、四两大米、二两小米。

细粮要先保证上班的父亲带饭。若此人家孝敬老人，老人也便会多吃点细粮。最小的儿女，往往会受到偏爱，与老人享受差不多的吃饭优待。那么，做母亲的和两个大龄孩子，平时吃到馒头、大米饭，喝上小米粥的概率极小。细粮也不可以月月吃光呀，平时得攒下一点儿，为春节那几天饭桌上体面，也为平常日子难得吃上大米白面的孩子们解解馋。

这是从前的孩子们倒数着日子盼过春节的真相之一。

别说孩子们了，大人也盼着过几天顿顿吃细粮的日子啊。

所以，从前的中国人过春节的欢乐程度高，并不意味着常态的生活幸福指数多么高，恰恰证明了只有过春节那几天才有所谓幸福感可言——当然，这是对于普通百姓人家来说的，也主要是指口福一方面。

由购粮证的存在，产生了粮店、粮票、申请口粮补助及细粮补助等事。

每几条街区便有一处粮店，必须的。否则，人们到哪儿去买粮呢？当年，在中国的城镇，粮店比邮局多。每月限定了每人可凭购粮证领出粮票的斤数，领出几斤粮票扣掉几斤粮数。若谁家有人出差需多领粮票，得出示单位证明。限定粮票领出，是为了防止粮票在黑市上的倒卖。谁家口粮不够吃，申请补助是极麻烦的过程——街道小组长在申请书上签字盖章，街道主任签字盖章，城市公社批准盖章，之后报到区里；区里批准了也没实际作用，还得报到市民政部门。市里也批准了，才算申请最终成功了。谁家若有长期病人想要增加几斤细粮则过程相对简单，区里批准就可以了，因为增加细粮以减少粗粮为前提，总供给斤数未变。而且，最多也就是增加四五斤罢了。即使真有长期病人的人家，大抵也嫌麻烦并不申请，而宁肯全家都少吃细粮，省出细粮给病人吃。

因为我父亲在“三线”，我母亲成为全家口粮最高的人——28 斤半。我们兄弟四个一个妹妹，口粮一个比一个少，总不够吃。一度，我家成为享受粮食补助的人家。那么麻烦的申请过程，真不晓得我母亲是怎么办到的。“自然灾害”时期，因为我母亲留一位农村的讨饭老人喝了两碗玉米面菜叶粥，引起了些邻居街坊的闲话，母亲一赌气，自行中止了再享受补助。父亲探家的日子里听我们讲到了此事，以后每月从自己的口粮中省出 5 斤，换成全国粮票，月月随信寄给我们。

“自然灾害”时期，哈尔滨市各粮店实行每月分三次供给制。怕有的人家不按计划吃粮，一总买回去，半个月吃光了一个月的粮，那可咋整？眼瞅着一户人家挨饿不是回事，实行紧急救济岂非等于怂恿？于是通过粮店替市民计划，每十天供给一次。

民间有民间的应对策略——若某街区的买粮日是五日，而某街区是十日，后者便可在七八日时向前者借粮，前者也可在十二三日向后者借粮。亲戚之间更可以此法互助，共克时艰。

当年，有一名小学五年级生，放学回家后，发现家里的粮不够做成一顿饭了。而他母亲上班前，说过他可向谁家去借粮。那人家有他同班的女生，他脸皮薄，不好意思去借。

怎么办呢？

他产生了一个歪想法——将上次买粮的日期进行涂改后，自以为聪明地赶在粮店下班前去买粮。

结果他家的粮本被扣下了。

那小学五年级生便是我。

我在散文《常相忆》中写到过此事。

我的一生已近七十载矣，就做过那么一件算是污点行为的事。

“自然灾害”时期，哈尔滨市也有所谓“特供”饭馆——在那里吃饭不收粮票只收钱，10元钱一顿，两菜一汤。汤叫“甩秀汤”，可见鸡蛋花那种；一道炒蔬菜中还有几片肉。主食是馒头，管够。别的省市也有“特供”饭馆，据说，国家财政拮据，希望以此法多回笼一些人民币。

关于“特供”饭馆，民间不乏传闻——有言专为干部人家开的；有言工资较高的单身汉也偶尔光顾；还有人言之凿凿地讲，一个大龄的未婚工人也去饱吃了几顿，打算将准备结婚的钱花完后，不再活了。

传闻终究是传闻，不信也罢。

从山东调到了哈尔滨市一批地瓜干，分配到了各粮店。市民买二斤地瓜干，可抵一斤粗粮。粮食不够吃的人家便都买。但那不是当年的地瓜干。究竟成地瓜干几年了，没人看得出来。总之，极硬，很白。由于完全没水分了，不容易蒸熟。发霉的比例也不少，引起过食物中毒之事。那是山东人民从自己的口粮中省下来支援给东北人民的，几起中毒事件并未影响东北人民对山东人民的感激——不少东北人的祖籍是山东，根系关系在那儿摆着啊。

我印象中，自 1964 年起，大多数哈尔滨人家摆脱饥饿阴影的笼罩了，因为蔬菜供应充足了。东北的菜都是高热能蔬菜——土豆、萝卜、茄子、豆角、大白菜、倭瓜，很顶粮的。东北的西红柿、黄瓜，也比别省的更好吃。小孩子吃饭时，往往喜欢多吃菜，口粮自然省下了。

四年后，“上山下乡”开始了。

黑龙江生产建设兵团以及全省的大小农场，皆以小麦收获为主，终年口粮是面粉，想吃粗粮都没有，这使从小到大难得吃上细粮的哈尔滨知青如至福地——起码在吃的方面有如此感觉。

哈尔滨知青探家时，不分男女，皆尽可能多地往家带白面、豆油。若结伴探家，互相帮助，谁都能往家带四五十斤。若还有人接站，也有带更多的。而若一户人家有两名知青，那么每年便有一个儿女探家，每年这一户人家就会多吃到四五十斤白面，平均每月多了四斤白面，对任何一户人家，都意味着是粗细粮比例的重大改变。这一户人家从过春节起，几乎可以在一个月内天天吃面食了。

我探家是从没有人接站的。

我每次也至少带四五十斤白面。有次居然带了八十来斤，装两个大旅行兜里，用粗绳拴在一起，下车后搭在肩上，步行回家。是冬夜，当年没出租车，公交车也收班了，只能步行。走走歇歇，十几里远的路，走了两个多小时。

累是肯定的，但一想到母亲和弟弟妹妹一年内可以少吃粗粮多吃白面了，觉得那份累太值得了。我三弟也成为兵团知青后，我家不缺口粮了，而且还成了经常吃白面的人家，那在当年是极为没有知青的人家所羡慕的。

我从复旦大学毕业后分配到了北京电影制片厂，从是单身青年到结婚到成为父亲，十余年间一直住在一幢筒子楼内。那幢老楼离北影食堂甚近，五十步不到。所以十余年间，全楼的人家基本是吃食堂的人家，我家也不例外。一年到头去不了几次粮店，便很少用到购粮证。

忽一日听说购粮证取消了，粮票作废了，竟独自发呆了半天——就在不久前，我还用一笔稿费，求人代买了整整一百斤全国粮票，打算给父母寄回哈尔滨去，让他们分给弟弟妹妹三家。弟弟妹妹和弟媳妹夫都是工人，我怕他们粮食不够吃。

如今，每当看到或听到“粮”字，思绪往往会回到从前去，于是感慨万千。而《舌尖上的中国》，给我的感觉居然不是当代的，而似乎是神化性的，或超现代的——中国民间能用粮食做出那么多口味美妙的特色小吃来，是我这个中国人从前无法想象的。

关于粮票，最令我大为动容的事仍是——几年前一位首汽的司机接我到文史馆开会，不知怎么一来，互相聊起了从前。他说，他父亲也在极“左”年代受到过迫害，入狱十八年。平反后，理应补偿工资。可当时理应得到补偿的人多，国家没准备好那么一大笔钱，最后由北京某区法院代表国家，补偿了他家一千七百余斤全国粮票。他父亲看到那么多粮票几天后，撒手人寰。

三十余年间，中国之往夕今朝，确实可用沧桑巨变加以形容。凡过来人，都应多讲讲……

从前，购物证那些事

在我记忆中，在东三省，购物证是“三年困难时期”才发的。

那时，对于每一个城镇家庭，购物证的重要性仅次于户口和购粮证。

当年，哈尔滨人家的购物证，不仅买煤、买烧柴非出示不可；买火柴、灯泡、香皂肥皂、烟酒、红白糖、豆制品、蔬菜、生熟肉类也要用到。

购物证的主要作用体现于购买日常用品与副食两方面。一度，连买线（不论缝补线还是毛线）和碱也要用到它；凭它还可买“人造肉”和“普通饼干”。

“人造肉”是最困难那一年的产物，具有研发性——将食堂和饭店的淘米水收集起来，利用沉淀后的淀粉制成的。淘高粱米的水制作瘦肉；淘大米的水制作肥肉；淘小米和苞米楂子的水制作肉皮。估计肯定得加食物胶、味精什么的。凝固后就成了肥瘦适当的带皮肉，红白黄三色分明，无须再加色素。

“人造肉”那也不是可以随便买的，同样按人口限量。我为家里买过一次，豆腐块那么大的一块，倒也不难吃，像没有肉皮成分的肉皮冻。

“人造肉”是昙花一现的副食，因为四处收集淘米水并非易事，所获沉淀物也甚少，人工成本却蛮大的，其研发性没有推广的意义。

“普通饼干”是相对于蛋糕、长白糕、核桃酥、五仁酥等点心而言的。那类点心还在生产，商店柜台里也有，因不是寻常人家舍得花钱买来吃的，所以形同“奢侈食品”。

“普通饼干”却便宜多了，才四角几分钱一斤，每斤比蛋糕等点心便宜三角多钱。

什么东西一限量，还凭证，买的人家就多了。在当年，那也是刺激消费，加速货币回笼的策略。但老百姓也有自己的一笔账——买一斤“普通饼干”才收三两粮票，价格又便宜，性价比方面一掂量，觉得买也划算。偏不买，似乎反倒亏了。

我为家里买过几次“普通饼干”。每次买到家里，母亲分给我和弟弟妹妹几块，重新包好，准备送人。父亲是“三线”建筑工人，母亲独自带着我们几个孩子度日甚为不易。不论遇到何种困难，不求人就迈不过那道坎去。底层人家的母亲想求到什么有点儿地位的人那也是相求无门的，被麻烦的只不过是些街道干部、一般公社办事员而已——那也得有种感激的表示呀，而“普通饼干”勉强拿得出手去，别人家的孩子很欢迎。

有次，我们劝母亲也吃几块。母亲从没吃过，在我们左劝右劝之下，终于吃了两片，并说好吃。

估计当时母亲饿了，竟又说：“快到中午了不是，干脆，咱们就把饼干当午饭吧。”

于是母亲煮了一锅苞米面粥，我们全家喝着粥，将一斤半饼干吃了个精光。我为家里买过多次饼干，只有那次，没送给别人家。

火柴、灯泡也要凭购物证买的日子很快就过去了。据说，那等日常所用之物也要凭证买，是由于木材和玻璃首先得还给苏联，紧急抵债，某些火柴厂和灯泡厂一度垮了。“困难时期”的国家似乎什么都缺，所以收废品的什么都收，碎玻璃也能论斤卖钱，牙膏皮子一分钱一个，胶鞋底三分钱一个。

后来，购物证变成了副食证，香皂肥皂改为凭票买了。凭副食证所能买到的，无非烟酒、红白糖、生熟肉、豆制品而已。再后来，那些东西也发票了。

为什么既有副食证还要发副食票呢？

这是出于相当人性化的考虑——如果买什么副食都须带证，它就很容易丢。一旦丢了，一户人家一个时期内就吃不上副食了，补发要级级审批，是件相当麻烦的事。也体现着一种对于底层的不明说的关爱，生活特别困难的人家，可以将副食票私下交易成现钱，以解缺钱的燃眉之急。

但绝不意味着副食证就完全没意义了。发一切副食票时，既要看户口，也要在副食证上留下经办人盖的章。

秋季供应过冬菜，副食证仍用得上。国庆节买月饼、春节买特供年货如花生、红枣、茶、粉条，没有副食证是绝对不行的。除了粉条，别种特供年货供给得极少，具有象征性，意思意思而已。

某几年，哈尔滨人春节时能凭证买到明泰鱼和蜜枣。明泰鱼是朝鲜回报中国的，蜜枣是古巴回报中国的，因为我们对他们的援助是慷慨大方的。从前几年吃不到鱼，哈尔滨人对明泰鱼大为欢迎。古巴蜜枣很好吃，特甜。不幸的是，引发过肝炎，民间说法是“古巴肝炎”。

在干部阶层，副食证确乎没多大实际用途。当年，即使科级干部，享受较多种的副食也根本不是个问题。国家规定，科级干部每月额外供给一斤红糖、二两茶、三斤黄豆，民间戏称他们为“糖豆干部”。关键不在于糖豆，只要是为科长，买过冬菜便大抵有人送菜到家，而且肯定是好菜。入冬前买到好煤、好烧柴，也基本上能心想事成。而谁家的父亲若是处级干部，那么连购粮证对其家庭也没什么实际用处了。每年秋后，处长们总有办法为家里搞到几袋子新米新面的。而谁家的父亲若是局级干部，且子女少，那么其子女对于“困难时期”大抵是没有任何切身印象的。如果他们说自幼是吃面包红肠长大的，虽未免夸张，却也并不完全是虚言。我下乡后，曾与一位被“打倒”的局长的儿子关系友好，他每向我忆起小时候的幸福生活，形容面包夹大马哈鱼子酱，吃起来滋味如何如何。而我，此前竟不知有种鱼叫大马哈鱼，更不知鱼子还可以做酱。

我印象中，购粮证取消后，副食证似乎仍存在了一个时期——买鸡蛋需要它。那时我已成为北影人了，一听说北影家属区的商店来了鸡蛋，也会二话不说跑回家，带上副食证再匆匆去往商店。那时我已当爸爸了，哪个爸爸不希望儿子在成长期多吃点营养丰富的东西呢？而80年代初，即使在北京，鸡蛋也是按人口供应的，且平时买不到。

现而今，我已不吃鸡蛋许多年了。人们的食品保健常识普遍提高，不少胆固醇高者，虽仍喜欢吃鸡蛋，却只吃蛋白，不吃蛋黄了。在吃自助餐的场合，桌上每剩完整的蛋黄。而完整的蛋黄，差不多等于半个鸡蛋。我见到那种情形，便替母鸡感到贡献的悲哀，于是心疼。

我也是胆固醇高的人。由于不忍弃蛋黄如弃蒜头葱尾，干脆，连鸡蛋也不吃了。

今日之中国，举凡一切副食，几乎没有不过剩的。与从前之中国一切副食的匮乏相比，委实令人感慨万千。

匮乏是从前的问题。

过剩是现在的问题。

解决匮乏问题，中国实际上只用了二十几年。

而不仅吃的，从服装到家电到汽车，似乎许许多多商品都过剩了。某些商品从最新到过剩，时期也短得可用“迅速”一词来形容——商品过剩，行行业业竞争激烈，淘汰无情，反倒成了中国继续发展的大困境之一；某些商品的严重过剩，则意味着某些行业的工人面临失业的危情。

引领世界上人口最多的国家一帆风顺地前进，端的不易啊。

怎么会容易呢？想想吧，一百多年前，全世界才十六亿人口左右……

关于读书那些事

依我想来，人和书的关系，大抵可分为如下的四个阶段——童年时听故事的阶段，少年时看连环画的阶段，青年时读小说的阶段，中年时读书范围广泛的阶段。由此，以后成了一个终生具有读书习惯的人。

童年时居然不喜欢听故事的人不是没有，有也极少。不喜欢听故事的儿童基本分为两类——一类不幸是先天的智障儿童；另一类属于天才儿童，自幼表现出对某方面事情异常强烈的兴趣，如音乐、绘画、科学问题，所以连对故事都不感兴趣了。实际上，这样的儿童几乎没有，不喜欢听故事不符合儿童的天性。情况往往是这样——大人们主要是他们的家长们，一经发现他们对某方面的事情表现出异常强烈的兴趣，便着力于对他们进行专门知识和能力的培养，以期使他们在某方面成为日后的佼佼者。

目的能否达到呢?

应该说，能的。

毕加索和莫扎特都是如此培养成功的。

在中国古代，皇族的后裔基本是听不到故事的。一个孩子一旦被确立为第一皇权接班人，那么他就被专门的教育“管道”和方法所框入了。在那种“管道”里没有故事，只有大人们希望他们获得的知识和经验。

但此种示范若成为一个国家学龄前教育的圭臬，对整个国家是不幸的。《红楼梦》中有一个情节是——宝玉因偷看闲书而误了“家学”作业，受到惩罚。可以想见，宝玉的童年是不大听得到什么故事的。他是贵族子弟，对他所进行的教育也是以贵族对后裔的教育为圭臬的。进而言之，一切希望自己的子弟有出息的贵族之家、商贾之家、书香之家乃至平民之家，都是那么对子弟进行教育的。教育目的也只有一个——使子弟们成为“服官政”的人。

这种教育，一方面为国家培养了一批批符合皇权要求的“干部”，另一方面使国家产生了一批批能诗善赋，个个堪称语言大师的诗人，于是中国的诗词成果丰富。

而这对中国造成的负面影响也值得深刻反思——自然科学几乎停止了发展，现代哲学毫无建树，工业创造力远远落后于别国，使中国在近代的世界成了一个大而弱的国——人弱了。

所以，我们得到的具有教训性的答案是——对于任何一个国家，不喜欢听故事的儿童多了，肯定的，绝不是好事。值得重视的仅仅是，哪些故事才是大人应该多多讲给孩子们听的好故事。只要是应该讲给孩子们听的好故事，何必分外国的还是中国的？那些在此点上首先强调外国中国之分的文化保守主义者，十之八九是伪人。他们明里鼓噪只有中国文化才适合中国人，暗地里却千方百计地要将儿女送出国去。

不说他们了吧。

接着说人和书的关系——喜欢听故事的学龄前儿童识字以后，会本能地找书来看，于是人类的社会就产生了“小人书”。“小人书”是特中国的说法，外国的说法是童话书，意为用儿童话讲给儿童听的故事书。“小人书”也罢，“童话书”也罢，都是大人们的文化给予现象。大人们的给予，也是社会的给予，这是人类社会的特高级的现象。从本质上看，却并非唯人类才有的代际现象，在具有族群依属本能和社会性的动物之间，类似的代际责任表现得不亚于人类——如在象群、猩猩、狒狒、猴和非洲鬣狗的家族以及雁、天鹅、企鹅们的“社会”中，代际间的族群规矩和生存经验的“教育”之道，亦每令人类感动和叹服。只不过在人类看来，它们对下一代的“教育”不具有文化性。

但，具有文化性或不具有文化性，是人类的看法。在动物们那里，其实未必不是族群文化。

民国前的中国，有蒙学书，没有以插图为主的“小人书”。《三字经》《千字文》《弟子规》《龙文鞭影》《幼学琼林》一类蒙学书，以文为主，故事基本是典故，侧重知识灌输和品德教化，忽视满足孩子们对童话故事的兴趣。在相当漫长的历史时期内,《夸父逐日》《精卫填海》等神话传说及《山海经》中的某些内容，便是那时孩子们所能听到的故事了。《海的女儿》《丑小鸭》《卖火柴的小女孩》《尼尔斯骑鹅旅行记》《狐狸列那》之类童话, 在民国前的中国是不曾产生的。

“小人书”并不就是连环画的民间说法。在中国，“小人书”曾专指给小孩子看的书。民国前的中国虽已早有绘本小说，却还根本没有严格意义上的连环画。其 1930 年前后才在上海逐渐出现。所以，上海，对此后的中国孩子们是有特殊贡献的。连环画产生后，“小人书”和连环画，开始混为一谈了。

从内容比例上讲，连环画的成人故事比儿童故事多得多。也可以说，连环画并不是专为儿童出版的书籍，但事实上获得了青少年的欢迎。胡适、陈独秀、钱玄同们，当年都很重视连环画对青少年们的文化影响，曾同心同德地为当地的青少年们选编适合于出版为连环画的中国故事。

一个孩子成了小学四五年级学生，其阅读兴趣会大大提升。于是，连环画成为他们与书籍产生亲密关系的媒介。他们会主动寻找连环画看。他们已不再仅仅是喜欢听故事的“小人儿”，也是喜欢“看故事”的未来的“读书种子”了。

少男少女喜欢看连环画的兴趣，往往会持续到十八岁以后。一过十八岁，便是青年了。青年们的阅读兴趣，会自然而然地转移向成人书籍。首先吸引他们的，大抵是文学书籍——诗集、散文集、中短篇小说集、长篇小说，因人而异地受到他们的关注。

除了有志于成为童话作家，若一个青年仍迷恋于阅读童话，难免会被视为异常。但，一个青年很可能在喜欢阅读文学书籍的同时，仍对连环画保持不减的喜欢程度。见到文字的文学性较高，绘画又很精美的连环画，每爱不释手。他们是文学书籍的忠实读者的同时，往往也会成为连环画的收藏者。这乃因为，他们对某部文学作品发生兴趣，起初是由于看了与那部文学作品同名的连环画，不但记住了作品之名，还牢牢记住了作家之名——比如我自己，是先看了《拜伦传》《雪莱传》这样的连环画后，才找来他们的诗集看的。也是看了连环画《卡尔·马克思》后，才对海涅的诗产生兴趣的。身为青年而爱好收藏连环画，从文化心理上分析，不无对连环画的感恩情愫。

青年是人生较长的年龄阶段。往长了说，十八岁以后到四十岁以前，都可谓青年。在这二十多年里，不少人会因为当年对文学书籍的情有独钟，而成为作家、散文家、诗人、文学评论家或理论家。如果他们喜欢校园生活，也很可能会成为大学里的中文教授。

若他们在人生最宝贵的二十多年里，阅读兴趣发生了变化，由文学而转向了哲学、史学、政治学或其他人文社会学方面，往往会成为那些方面的学者。即使后来成了政治人士或走上了科研道路、艺术道路，二十多年里对读书这件事的热爱，肯定会使他们的事业和人生受益无穷。即使他或她终生平凡，那也会在做儿女，做丈夫、妻子、父亲、母亲和朋友方面，做得更好一些。起码，一个少年时期看过不少连环画，青年时期读过不少文学作品的父母、祖父母、外祖父母，能讲一些对儿童和少年的心智有益的故事给自己的儿女、孙儿女或外孙儿女听，而那不但会给他们留下美好的记忆，也是自己多么美好的天伦之乐呢！即使一个人四十岁以后，由于各种人生境况的压力，不再有机会读所谓“闲书”了，而他或她终于退休了，晚年生活相对稳定了，读书往往仍会成为重新“找回”的爱好之一。养生、健身、唱歌、听音乐、跳广场舞，旅游、练书法、学绘画，自然都是能使晚年生活丰富多彩的事，再加上喜欢读书这件事，晚年生活将会动静结合，更加充实。

在我是中学生的年代，20 世纪 60 年代初，全中国出版的著名的长篇小说也就二十几部，著名诗人也就十几位，著名的散文家只不过几位，包括外国文学作品在内，一个爱读书的青年所能看到的书籍，加起来五六十部而已。当年，新华书店里是见不到一本西方哲学类和史类书籍的，中国古代文学类文化类书籍也无踪影，除了一套《十万个为什么》，再就难得一见科普书籍——像我这样的从少年时起就酷爱读书并在“文革”中上过大学的人，直至 80 年代后期才知道林语堂、张爱玲、徐志摩、沈从文的名字，才开始读他们的书——从前，接受外国记者采访时，因被问到对他们的诗、小说的看法，陷入过尴尬。

当年，有几部中国小说发行量超过百万，而中国当年七亿五千万人口；这意味着——如果一所中学有一千五百名学生，那也只不过仅有十几人可能买了一部发行百万以上的书。读过的人会多些，肯定多不到哪儿去。当年，各省市重点中学的读书氛围相对较浓，一般中学几乎没有读书氛围可言。如我所在的中学，全校也就几名喜欢读书的学生，他们全都认识我，因为我与他们之间每每互相借书看。

在城市，在底层，在我这一代中，小时候听父母讲过故事的人是极少极少的。我们虽出生在城市，但我们的父母都曾是农家儿女。我们的是农家儿女的父母，未见得肚子里没有故事。农村是中国民间故事的集散地，他们肚子里怎么会没有点儿故事呢？但他们一经成了城里人，终日感受着城市生活多于农村生活的压力，哪里还会有给自己的小儿女讲故事的闲心呢？所以，如果一个底层人家没收音机，也没有喜欢读书的大儿大女往家借书，那么不论这一户人家有多少个儿女，几乎全都会与书绝缘。与当年的农村孩子们相比，城市底层人家的孩子们的成长底色，反而更加寡趣。鲁迅小时候看社戏的经历，我们肯定是没有的。“拉锯、扯锯，姥姥门口唱大戏”，这种农村童谣，对于城市底层人家的孩子，如同听梦话。我是比较幸运的，小时候听母亲讲过故事；四五年级时，哥哥不断往家中带回成人小说；即使在“文革”中，我家所住那一片社区，居然仍有几处小人书铺存在着。而我的同学们，却只听过比他们大的孩子所讲的故事，或听我当年讲故事给他们听——这是他们当年喜欢和我在一起的原因之一。

如今，沉思人与读书这件事的关系时，我头脑中每会产生这样一个问题——倘若当年中国喜欢读书的青年较多，比如多至十之五六；并且，所读不仅是“红色书籍”，也普遍读过一些西方文学名著，那么，即使“文革”照样发生，暴力的事是否会少一些呢?

如今，对于绝大多数中国青年，花四五十元买一部书看，已经根本不是想买而买不起的事了。中国的读书人口之比例，在世界上却还是排在很后边。

为什么某些国家读书人口多，爱读书的人每年读过的书也多呢？这乃因为，在那些国家，城市人口的比例甚高，农村人口仅占百分之几。即使那百分之几，文化程度也高，大抵都能达到高中水平。还因为，那些国家城市人口的城市化历史悠久。不少城市人家，几可谓“古老”的城市家族，城市居住史每可上溯到十代以前。一般的城市人家，城市居住史也大抵在五六代以前。在没有收音机和电视机的年代，读书看报成为人们打发闲暇时光的主要方式。代代影响之后，书与报既成了城市基因，也成了人的记忆基因，如同小海龟甫一出壳，必然会朝海的方向爬去。我们中国人对基因现象有一个认识误区，以为主要体现在生理方面。实则不然，人的基因现象也体现于“灵之记忆”。若一个家族的几代人口都是喜欢读书的人，那么下一代在是胎儿的时候，大脑中便开始形成关于书的遗传“信息”了。也就是说，“精神”在生理现象方面也可变为“物质”，家风可以变为后代的遗传基因。胎儿出生后，成长期继续受喜读书之家风影响，日后自然会是一个读书成习的人。先天基因加上后天影响，那是多么“顽固”的作用啊。这样的一个人，除非弄死他（她），否则他（她）对书的好感终生难改，正如除非毒死一只小海龟，否则无法阻止它爬向大海。收音机出现后，报的销量有所下滑，读书人口反而上升了。因为收音机也使关于书的信息广为传播。电视机、电脑、手机出现后，一些国家人的读书兴趣也会大受影响，但他们很快又会从沉湎中自拔，因为喜读基因在继续发生作用。还有一点也应一提——在他们的国家，孩子们喜闻乐见的童书极为丰富多彩，起码从前是那样。因而一个事实是，不论一个时代怎么变，相对于人的精神的新现象多么的层出不穷，那些国家的读书人口都会保持在一个比较稳定的水平。

中国的情况很不同，中国的城市人口刚刚超过农村人口一点点。在漫长的历史时期，农村的所谓“耕读之家”是稀少人家，大多数农村人口是文盲。1949 年后，农村的文盲人口一年比一年少了，至今，可以说到了稀少的程度。但许多农村却又变成了“空心”农村，青年们皆进城打工去了，农村完全没有了读书氛围，“农家书屋”只不过成了一厢情愿的概念性存在。在城市里，我这一代人的父母大抵便是农民，他们的一生，是为家庭终日辛劳的人生，不可能有闲情逸致亲近书籍；何况他们多是文盲。我们的父母既然如此，我们也就不可能从小受到什么读书氛围的影响。而我这一代人本身，大多数是命运跌宕的人——“饥饿年代”“文革”“上山下乡”“返城待业”，有了工作不久又面临“下岗”……凡是对人生构成严重干扰的事，我这一代都“赶上”了——要求这样的一代人是有读书习惯的人，实可谓“站着说话不嫌腰疼”。何况，这一代人还经历过十一二年举国无书可读的时期，那正是人最容易与书发生亲密关系的年龄。

所幸，1980 年代开始，中国极快速地扭转了无书之国的局面，遂使我这一代中的极少数幸运者，得以与书建立“晚婚”般的亲密关系。虽晚，毕竟幸运。不但自己幸运，也促近了下一代与书的关系，对下一代便也幸运。而我这一代的大多数，不但错过了与书的“恋爱”年龄，后来也难以与书建立“晚婚”关系，下一代对书的态度便也如父母般淡漠。

我这一代的下一代被统称为“80 后”——他们是在电视文化的背景之下成长起来的。不久又置身于电脑文化，手机文化、碎片文化、娱乐文化的泡沫之中。总体而言，他们在声像文化的时代长大成人，大抵一无基因决定，二无家风熏陶，对书籍缺乏兴趣，实属必然。

前边提到，在某些国家，在漫长的时期，读书是人们打发“闲暇”时光的习惯。但如今之“80后”，多数也已成了父母，上有老、下有小，生活压力甚大。而且，他们都被迫成了加班一族，多数人每天工作十一二小时，早出晚归甚而夜归，除了天数多的节假，平日哪里有什么“闲暇”时光？故他们即使有读书心愿，实际上也难以实现。眼见得，“90后”甫一参加工作，很快也成了像“80后”一样的“辛苦人”。

前几年，《政府工作报告》中，曾号召“构建书香社会”。在全世界，唯中国政府一再鼓励人们读书，足见多么重视。“农家书屋”“职工书屋”、校园读书月、街头爱心图书亭，愿望都很良好，目的只有一个，使读书之事，逐渐成为人的基因、城市的基因、整个国家的文化基因之一，以期使中国在社会肌理方面，能够自然而然地呈现出人人都感受得到的文化气质。

但，读书习惯是有前提的。倘人们一年三百六十几天中闲暇时光甚少，大抵是无法养成读书习惯的——神仙也难做到。而此前提，非个人所能心想事成。今日之中国，是到处加班加点的中国，仿佛不如此，中国之方方面面就会停摆似的。政府短时期内改变不了此种局面，“构建书香社会”的口号也就只有不再提了。

我们不妨推演一下——如果，从某年开始，普遍的中国城市人口（强调城市人口，乃因农村的实际居住人口，不可能与书发生多么亲密的关系），也享有相当充分的闲暇时光了，喜欢读书的人是否便会多了起来呢?

答案是肯定的——当然会。

但，不会明显多起来。

中国是一个从物质平均主义演变为贫富悬殊的国家，而曾经的物质平均主义时代，使人们对于贫富差距异乎寻常地敏感，并由此产生了心理贫穷现象，即虽然我的生活水平已大大改善了，可有人却过上了比我好得多的日子！于是愤懑与痛苦无药可医，也不是社会分配措施所能一下子抚平的。又于是，全社会笼罩在物质和金钱崇拜的价值阴霾之下，由而导致几乎与一切生活方面有关的实利主义态度。

“读书对我究竟有什么好处？”

“不读书对我究竟有什么损失？”

这两个正反归一的问题，委实难以极有说服力地回答得明明白白。何况，以上问题中的好处，是指立竿见影的好处；以上问题中的损失，是指傻子都不会怀疑的损失。那么，问题就更难以回答了。

而我想告诉世人的一个真相是——你是普通人吗？如果你是，那么读书一事，恰恰是可以改变普通人命运的事。进言之，书籍是引导普通人不自甘平庸的、成本最低的，也最对得起爱读书的普通人的良师益友。普通人，特别是底层的普通青年，除了此一良师益友，还能结识另外的哪类良师益友呢？即使你头悬梁锥刺股地考上了名牌大学，甚至是国外的名牌大学，一踏入社会成为职场人，不久你便会发现，其实社会不仅认学历、能力，更认关系、家庭背景以及由此构成的小圈子，而那正是你没有的，所以你很可能照样成为那一层级上的失意人。

君不见，在这个世界上，某些人不读所谓“闲书”根本不对其人生构成任何损失。特朗普的女儿和女婿便是那样的“某些人”，全世界各个国家都有那样的“某些人”，中国最多。即使他们，如果同时还是喜欢读书的人，也会进而成为“某些人”中显然的优秀者。

君不见，在这个世界上，另外的“某些人”起初只不过是普普通通的记者、科研人员、园艺师、教师，但后来，忽然成了社会学学者、科普作家、专写植物或动物趣事的儿童文学作家、史学家或哲学家——而此种变化，不仅提升了个人的人生价值，对社会也做出了超职业的贡献。

他们的变皆与爱读闲书有关。

说到底，爱读所谓闲书，表明一个人保持着对职业关系以外的多种知识不泯的获得欲望和探究热忱。否则，其变不可能也。

另一个真相乃是——人类的社会中从没有过这样的事——某人从少年时便喜欢读书，二十几年中爱好未变，但书籍对他的心智和人生却丝毫也没发生正面影响。

是的——古今中外，无人能举出这样的例子。但请别拿古代科举制下的中国读书人说事，那不是人和书的正常关系。

谁能举出一个驳我的例子来？

看电影 那些事

说起来许多人也许不相信——城市底层人家的母亲们：那些在上世纪60年代四十多岁的母亲们，那些终生是家庭妇女的母亲们，她们看过的电影比农村妇女看过的少。有人一辈子不知电影为何物，没看过一部电影就死了。

没看过一部电影就死了，未必算得上是什么遗憾。在没有电影的世纪，一代又一代人类生生死死，谁也不至于认为他们都死得遗憾。

问题是，仅仅是，在上世纪60年代，在中国，连大多数农村人口都看过多场电影了，这就难免使我这一代人，她们当年的儿女们，替她们觉得有些酸楚了。

为什么会那样呢？

因为中国与外国的情况恰恰相反。

在外国，常年生活于农村的人若想看一场电影，那就必须到城镇去，只有城镇才有影院。他们看一场马戏比看一场电影还方便呢——在他们的国家，有许多到处演出的马戏团，却没有带着放映机到处放电影的放映员。所以，他们往往能在离家不远的地方就看成一场马戏了。

而在中国，当年的许多农村人，一辈子也没看过马戏或杂技，却有幸看过不少场电影。当年中国的每一个县几乎都有电影放映队，连某些较大的乡都有。放映队的任务之一，便是经常到农村去放电影。许多在农村长大的人，头脑中都留下了当年看露天电影的种种记忆。电影在某村放映，附近几个村的人都可以去看。小脚大娘们，也会拎个板凳颠颠地前往放映地。

放露天电影给农民看，体现着当年的一种国家行为，一种优待农民的文化政策。

但城市居民若想看场电影，则只能进电影院。当年的中国，电影院无一例外在市中心，并且，有限的几家而已。若时间没掐准，现买票，往往得等上一两个小时才能看到下场。当年的电影院周边没有可供休憩的地方，还不能走远，怕误了场。母亲们可没那份儿耐心，谁家都有不少活等着她们亲自做。从家里走到电影院的路，每比从一个村到另一个村还远。乘公交车呢，票要花钱买，乘车又花钱，母亲们就会心疼那几角钱的。

看场电影有如上诸种不便，这使绝大多数底层人家的母亲们对看电影完全没了兴趣。

即使是底层人家，只要父亲们的工作单位算得上是个单位，他们每年便有看一两场电影的机会。起码，单位会发给他们电影票。“五一”劳动节、“十一”国庆节、春节，总之这个节不发那个节发，看不看随他们。

父亲们看过了几场电影后，一般也就不再看了。他们照例将票给予还没参加工作的儿女们。儿女们参加工作前，看电影的机会也不是太多。除非学校要求学生们必看的电影，底层人家的儿女才不得不向母亲伸手要钱。否则，儿女们是不好意思为看一场电影开口向母亲要钱的。

儿女从父亲手中接过电影票，若有那份心，或许会说：“妈，你还连场电影都没看过呢，我陪你一块儿去看吧！”

又或许，父亲们也会说：“你妈还连场电影都没看过呢，陪你妈一块儿去看吧！”

当我写下“或许”二字，恰是我心酸楚之时。因为实际情况是——一百个一千个甚至一万个底层人家中，未必有几个儿女那么说过，也未必有几位父亲那么说过。虽然，底层的家庭妇女型的母亲们，在常态的穷日子里总是早起晚睡，做在前，吃在后，想方设法使丈夫与儿女们穿得体面些，而自己一向穿旧的，几年也舍不得钱为自己换件新衣服；终日既要服侍好上班的，又要照顾好上学的，操心多多，辛劳得很，儿女们却极少会表现出体贴，似乎没那意识。这也怪不得他们，因为他们所见的母亲差不多全是那种类型的。而丈夫们所见的妻子也差不多全是那种类型的，于是体贴意识大抵麻木。在当年，阶层的无形壁垒尤其分明，底层人的目光所及，很难超越底层，意识便长期局限于底层思维的框架以内。

“全家就我一个人挣钱，我养活你和儿女们一大家子容易吗？！”——这是底层的父亲们常对母亲们说的话。若其家还有老人，听来自有一番压力山大的况味在话外。

母亲们，通常也就只有沉默，承认自己无论多么辛劳，终究还是一个被“养活”的人。

“妈，你连一场电影都没看过，我陪你一块儿去看吧？”——如果，一个儿女口中真说出了这种话，那又会显得多“二”呀！

所以儿女们才不说，而以找同学一块儿去看为明智。

当年，许多底层人家没收音机，也不订报，更没书。即使有书有报，母亲们不识字，也等于没有。故可以这样说，她们的一生，与文字、文艺、文化几乎毫不沾边。或换一种说法——为丈夫和儿女、老人、家庭任劳任怨地服务，便是她们的核心文化，或者说是一种宗教文化。

如今，她们大抵都不在了，她们的儿女也都老了。老了的底层人家的儿女们所写的回忆母亲的文章，在亲情文章中数量最多；这实在也是对母亲之恩的文字追悼式，是通过文字向当年的文盲母亲们的迟到的致敬。当年没意识即使有也不知如何表达，如今以最普遍的方式表达。

我在 1966 年以前没看过几部电影。有时学校集体看过一场电影后，同学们都得写观后感；而我，每以读后感代之。

“文革”开始后，我看电影的机会反而多了。一个时期内，到处放映“毒草”电影，堂而皇之的理由是“为了掀起群众大批判的高潮”。几乎所有的国产电影和进口电影都成了“毒草”，不售票，只发票，也就是白看。那时我与几名外校的高中生成了朋友，他们常约我一起蹭看“批判电影”。

下乡后，看不到“批判电影”了，连《列宁在十月》《保尔·柯察金》等苏联电影也禁放了，团电影放映员带到各连队的只有样板戏电影了，渐渐地没人还想看了。所幸，不久中国进口了几部罗马尼亚、阿尔巴尼亚、南斯拉夫、越南和朝鲜的电影，缓解了知青们的“电影饥渴症”。前三个国家的电影最受欢迎，放过多次知青们也还是喜欢看，许多人每次看前都洗脸、梳头，换身干干净净的衣服，如参加社交仪式。

我调到团宣传股后，看电影遂成家常便饭。放映队属宣传股领导，二男二女四名知青放映员都与我关系良好。他们带着新片下连队前，必须试映——在他们的工作室里试映，缩小了的画面映在墙上，如看投影。倘是新片，自然先睹为快。放映机经常需要维修，两名男放映员每将放映机搬到宿舍——若晚上维修，之后照例要试映，我们同宿舍的人则可趴在被窝里看。在没电视的年代，即使是看了多遍的老片，那也不啻是高级的精神享受。

我从复旦大学毕业，分配到北京电影制片厂后，仅从看电影这一点而言，成了极少数极少数幸运的中国人。那时正是中国电影的复苏时期，从此我可以在第一时间看到北影出品的新片，每次还可以分到几张电影票送人。当年，新电影的票和新一年的挂历，是许多人都乐于接受的。长影、上影、珠影、上海译制片厂等兄弟厂的新片，都要送到电影局接受审片，之后大抵会在北影礼堂进行招待放映。我作为北影编导室一员，也会在公映前就看到。还会看到所谓“过路片”，即根本不会在国内放映，只不过拷贝途经北京的外国电影，那类电影须通过外交部协调，才能以“观摩学习”的理由从外国使馆借出。还会看到“参考片”，就是电影资料馆作为国家级电影资料单位从国际电影市场购回的原声电影，不是为了放映，仅仅是为了储存。特别幸运的是，有一个时期，北影编导室按电影史的编年顺序，经常组织大家到资料馆去看“资料片”，使我大开眼界，看到了不少电影“原始”时期的作品。从几分钟的短片到各国这个“流”那个“流”的经典片，凡资料馆有的，差不多都看到了。全是原声黑白片，放映时需请现场翻译。也全是 1949 年以前中国各电影厂购进的，在世界上存有的数量已很有限了。这使后来的我，在电影史知识方面自信可与任何一位资深的电影史专家进行对话。

我在北影厂工作了十二年，在中国儿童电影制片厂工作了十三年，担任过这种奖那种奖的评委；多年担任过国产片进口片电影审查委员会委员，与中国最老的一代电影导演和演员建立起了深厚的友谊。

我的父母也沾了我的光。

他们住在北影时，看电影往往不需要票。只要是面向全厂职工放映的电影，他们的脸就是票。把门收票的人，也往往是与我家同住 19 号筒子楼的职工。从 19 楼到礼堂，快走才五六分钟的路。

所以，仅就看电影这一点而言，我的父母也是中国很幸运的父母。但那时他们已经老了，不怎么爱看电影了。并且，中国人家开始有电视了，他们更喜欢在家里看电视。

我与电影的关系那么密切、长久，竟始终没成为电影“圈子里”的人，一直是文学的“界中人”——缘何？

因为电影这一门艺术，太考虑观众的喜好胃口了，也太受市场风向的制约了，而且，投资方的经济责任巨大；这三点，使它不可能不成为商业色彩最浓的艺术，也很难使它不以商业目的为成功宗旨。这也正是全世界能够成为经典的电影越来越少的原因。

而文学与“文学读物”的关系，则相对单纯多了，可以最大程度地实现写作者的个人写作冲动。一篇散文、随笔、杂文、时评，有什么商业性可言呢？没人看关系不大，不会造成任何人的经济损失。短篇小说、中篇小说，也越来越是小众读物，在中国，还爱看的人已经少得不能再少。但为小众而创作，也不是什么羞耻之事呀。至于长篇，即使发行量再有限，大抵也还是不会造成出版社的亏损。

我喜欢文学和作家这种单纯的关系。

进而言之，在人与人、人与事、人与社会的诸关系中，我都越来越以单纯为自适了。

歌曲与乐器

曾经，哈尔滨是一座苏俄文化影响深广的城市。

即使当下，在建筑、服装、餐饮方面，仍存在着其影响的痕迹。某些老宾馆、饭店悬挂的画作，大抵是俄罗斯油画——有的是仿画或印刷品，有的是从黑龙江彼岸买过来的。土豆烧牛肉，还是哈尔滨人喜欢吃的一道菜。酸黄瓜、俄式红肠、大列巴和鱼子酱，也还是外地人喜欢从哈尔滨带走的特产。

我小学四年级前,竟没见过一幅中国山水画。五年级后,我开始到理发店理发了。一次理发师傅为我理发时,我的头不断地左转右转,因为发现镜子两旁的筒状白瓷瓶上,绘的是两幅中国山水画。原来中国画也那么有意境啊,我看得入迷,以至于理发师傅接连说:“孩子,别歪头!”

至于歌曲,我在学校里学会唱的,自然是《丢手娟》《小燕子》《蝴蝶花》等儿歌和《我们是共产主义接班人》。俄罗斯文化在儿歌方面对哈尔滨也有影响。年长我六岁的哥哥,那时已是高三学生了,却经常在家里唱这样一首苏联儿歌:

卡基德勒古老森林,
有一股清水泉。
又干净又甘甜又清澈,
好一股清水泉。
森林中来了一个
美丽的小姑娘,

大眼睛红脸庞花裙子
真是个漂亮的小姑娘。
弄脏了清水泉
使别人不能饮，
她就不是好姑娘……

显然，这是一首苏联的或老俄罗斯时期的儿歌，不知我哥哥从哪儿听到的，也不知他都高三了为什么还喜欢唱那么一首儿歌，或许是由于它那种古老的曲调吧？确实，与当年的中国儿歌相比，其曲调不但古老，歌词也有情节性，我爱听，不久自己也会唱了。

那首歌的教化性是分明的。与同样具有教化性的当年的中国儿歌的区别也是那么地分明——寓于当年的中国儿歌的教化性，往往是政治意识形态方面的教化。除此之外，是表达儿童高兴情绪的，快乐色彩浓厚的童歌。

实际上，当年哈尔滨的男女少年、青年，平时都不怎么唱歌的。一般人家的私有空间极小，家家户户又挨得很近，邻居之间的门窗每每近到并列或相对的程度。此种情况下，在家家户户经常敞门开窗的季节，一个少年或青年即使在自己家唱歌，那也是非常不明智的。而在漫长的冬季，在普遍四五口人的家里，他们的歌声肯定会被父母所喝止。哈尔滨如此，其他城市也不会两样。可以这样认为，从前的中国少年和青年喜欢唱歌的天性，多数受到居住环境的压抑。农村例外，因为天地广阔。

对于喜欢唱歌的少年或青年，唱什么歌也成为必须认真对待的严肃问题。当年允许唱的歌曲，主要分为以下几类——革命歌曲，数量最多，少先队和共青团以及工会每组织青少年学唱，是政治任务之一；歌颂社会主义繁荣富强和人民幸福生活的歌曲；在民间代代传唱的老民歌；新民歌；国产电影插曲，其中具有民歌风的歌曲约占一半；外国电影插曲，当年在中国放映过的外国电影不多，流行开的也不多；虽非外国电影插曲，但被中国歌唱家唱红了的外国歌曲，多数亦属外国革命歌曲或民歌，如《宝贝》《茫茫大草原》《三套车》等。在中国广为流传的与革命精神无关的民歌，主要是俄罗斯民歌。中苏关系破裂以后，被禁过。但已广泛传开了，严格禁唱实属不可能的事。

客观地平心而论，第一类、第二类歌曲中，很有一些堪称优秀歌曲，不愧为经典。毕竟是中国一流词曲家合作的作品，水平在那儿摆着。以今天的看法而言，特别是与1980年代后出现的“西北风”“东北风”相比较而言，前者或有特定时代的色彩，但时代局限性任何国家之任何时代的文艺在所难免，不必过苛看待。

第一类、第二类歌曲，是青少年在有关方面所组织的文艺活动中，必定要独唱或合唱的。必须的。

民歌非是少年们喜欢的，却是青年们爱唱的。比之于第一类、第二类歌曲，民歌中的爱情成分较多，且明显。当年的少年若喜欢唱此类歌，会被大人们认为“思想意识有问题”。国产电影或外国电影插曲中，凡歌唱亲情、友情、爱情、乡情的，都会被青年们广为传唱。原因其实非常简单，若一名青年的思想与当时的革命思想格格不入，那么肯定不喜欢听更不喜欢唱革命词句多多的歌曲。而一名青年的思想若与当年的革命思想十分合拍，则会认为根本无须通过喜欢唱革命歌曲来证明自己的革命，反而会对歌词不那么革命的歌曲大为青睐。

所以，在唱歌方面，当年的中国存在着两种现象。一种是有组织的，配合文艺活动的，一部分人唱给许多人听的革命歌曲大家唱、人人唱的现象；另一种是未经组织的，爱唱歌的青年唱给自己所信任的朋友听的，甚至是自己所爱的人一个人听的，那么所唱之歌与歌词特别革命的歌曲完全不同。有些当年的歌虽然也属于革命歌曲，曲调特别抒情，也被青年们广泛传唱，如《弹起我心爱的土琵琶》《花儿为什么那样红》《九九艳阳天》等。“文革”时期，都因其曲调的抒情性，歌词的不够革命而被禁了。

当年的青年们喜欢唱哪一类歌不太喜欢唱哪一类歌的另一种原因是——大多数歌词具有强烈革命性的歌，其曲调也往往高亢昂扬，节拍较快，唱前需进行情绪酝酿，其音部也不是一般人可以随意达到的。而抒情歌如《草原之夜》《送别》《小路》《莫斯科郊外的晚上》《喀秋莎》等歌，却是属于大众音部的歌，几乎人人能唱，即使哼唱也很好听。同样是社会主义国家，在对待歌的态度上，当年的中国比“老大哥”更实用主义。以至于到了后来，全中国几乎只能听到语录歌和诗词歌了。

我当年是很喜欢听歌的，尤喜欢唱歌。成为中学生后，被班上一名唱歌唱得好的男同学宣布为五音不全。当年，一所一千四五百人的中学，找不出几个唱歌唱得好的同学，因为平时没机会没地方唱，唱得少，有的同学即使嗓子很好自己都不知道。我们班那名男同学属于极敢唱的一个，逮着机会就自告奋勇唱几首，结果在全校唱出了名。他既已出名，又是我朋友，我对他的话自然深信不疑，暗自伤心了些日子，从此不再唱歌。

下乡后，我们排有一名高二知青，也是我朋友。某日，我俩一块儿在河边洗衣服、洗澡，平时从不唱歌的他，忽然大声唱起了《河里的青蛙》。那是一首没必要敞开喉咙唱的歌，他一那么唱，味道不对了，当时给我留下了很轻佻的印象。虽然，后来我们仍是朋友，我对他的信任一点儿没受影响，但他那日给我留下的轻佻印象，却长时期存在于我的记忆之中挥之不去。

“文革”后，我经常寻思那事——一个青年，兴之所至，大声唱了一首被禁止唱的歌，怎么在我这里就“轻佻”了呢？

是我呀，梁晓声呀！一个自认为比同代人多读了不少书，对于保持独立思想特别特别在乎的青年，何以变成了那样呢？

我不得不承认，自己在当年也受到极“左”僵化思想的影响。

在上世纪50年代至80年代的三十年里，我们那一代所能接触到的乐器种类是不多的，无非笛子、口琴、手风琴、二胡、板胡、京胡而已。

最便宜的笛子七八角钱一支，那也不是一般学生青年想拥有就能拥有的。当年普通人家的学生完全没有零花钱，向父母要七八角钱买笛子，这种事会被斥为“烧钱”。我家那片贫民区有一名初二少年，不知缘何迷上了笛子，一心想要拥有，四处捡废品，打算用卖废品的钱买一支两元多钱的笛子，那种价格的笛子属于高级的。当年捡废品不像如今这么容易，大人孩子都知道废品可以卖钱，绝不会扔，而会攒起来。碎了一块玻璃，玻璃碴都会保留着。那少年在郊区的建筑工地捡铁丝时，就是拆脚手架时掉落的铁丝扣——不幸从高处摔下，落下终身残疾。残的还不是胳膊、腿，而是脑。

若一个青年拥有口琴，肯定会成为别的青年的羡慕对象。被羡慕的原因不止于口琴，还意味着羡慕他的命运。那证明，要么他生活在一个经济宽裕的人家；要么他是独生子，在家中受宠，家长对他百依百顺。

即使时代是如此的时代，哈尔滨市当年还是产生了某些笛子吹得好或口琴吹得好的学生青年。他们只要在什么演出场合吹过，艺名便不胫而走，有的还被誉为笛子或口琴“王子”。心仪他们的女生，往往会守在他们学校的门口，或家宅附近，只为一睹他们的风采。“文革”时期，他们都会成为各校宣传队的“红人”，正式的文工团、歌舞团的目光，也会时时关注他们。以至于，“上山下乡”运动后，我们黑龙江生产建设兵团七个师七十几个团的宣传队中，竟无登台吹过笛子或口琴的队员，因为吹得好的学生，皆被正式文艺团体抢先一步招走了。

乐器演奏才艺能改变一个青年的人生，当年也是那样的，反而较容易。倒是今天，却不那么容易了——有这方面才艺的青年太多了，而且个个水平了得。

在 1980 年代，笛子和口琴演奏者还有登台甚至出现在电视中的机会——如今，我已近二十年没听到过笛声和口琴声了。时代的变化真的令人无可奈何，它打算使什么事物消亡，人绝对是拗不过它的。

当年全哈尔滨市有手风琴的人家估计不超过几十户，还得算上家有专业人士的人家。当年只有大学、大工厂的业余文工团才会有手风琴。一台演出若没有口琴，必有笛子。若连吹笛子的人也没出场过，就算不上一场够水平的演出了。而拉手风琴的人一上场，似乎演出的水平顿时就提高了。

80 年代时，中国还有专业的“手风琴演奏家”——现在，肯定没有了。口琴和手风琴是从苏联传到中国的，属于“洋乐器”，无论曾有过多么风光的时期，都是纳入不了“非遗”名录的。然而当年它们所发出的乐声，曾令我这一代人多么的陶醉啊。

当年二胡拉得好的青年也有一些。但凡算是一个文艺团体，专业的也罢，业余的也罢，居然没有一名二胡演奏者肯定是不合格的。至于板胡、京胡，喜欢乐器的青年即使接触过，通常也不会迷上的——适于它们演奏的曲子太老派，不合青少年的欣赏品位。

当年的哈尔滨，有小提琴的人家如凤毛麟角。在我是知青的时代，我们连就有一名哈尔滨知青是带着小提琴下乡的，拉得不算多么好，也不常拉。起初一两年里，他在我们心目中总有一种神秘感。关于他的家庭背景，猜测多多，众说纷纭。他自己也讳莫如深，挺享受那种神秘感。

他因病提前返城后，有人才从连干部口中套出真相——其实他家从前是开乐器行的。

时下，一个青年，不论男女，也不论背着什么乐器出现于什么场合，别人大抵不会对他们的家庭背景产生任何猜测的兴趣了——一个音乐青年，看法如此而已。音乐青年人们见得太多了，中国也存在得太多了。

黑管、萨克斯、小提琴、钢琴——只要自己的独生子女迷上了，连收入不高的家长都肯为他们买的。

歌唱和音乐与中国人的接触面大到了无以复加的程度——此类节目是一切电视台必不可少的主打节目；手机彩铃往往便是一段美好的歌或音乐；大妈们跳广场舞时，也往往伴随的是在少男少女中才流行的歌曲。

据说，中国每年人均阅读纸质图书 4 本半，以色列是 64 本，俄罗斯 55 本，美国 50 本，德国 47 本，日本 45 本……

在读书人口甚少的情况下，国民爱唱歌喜欢音乐实在亦是国之大幸，下一代之大幸；否则，可咋办呢？

从前，少年们的收藏

收藏一事，大抵自少男少女时起。儿童而好收藏，此种现象不多。

在我记忆中，从小学三年级起，某些同学便喜欢收藏了。

起初收藏糖纸。

当年哈尔滨的果糖分两类——无包装的“杂拌糖”和有糖纸的；后一类民间的说法是“礼糖”，即，不是买了给自家孩子吃的，而是当作礼品与罐头、点心搭配着送给别人家孩子吃的——当然，必是遇到难事了要求别人家，或求过了人情后补。

“杂拌糖”八角几分钱一斤，一角钱也能买十几块。有时，小孩子买 5 分钱的，服务员也会卖给。无须过秤了，数几块即可；包“杂拌糖”的是粗糙的包装纸，粗糙到可见粉碎不彻底的麦秸。

“礼糖”则每一块都有包装纸，而且包装纸细软，其上印文字和图案。在一般百姓家的大人孩子看来，是“高级块糖”。

我下乡前仅吃过一次“高级块糖”——我父亲所在的“大三线”建筑单位派人慰问职工们的在哈家属，每户送上门一斤，于是我们几个子女托父亲的福，吃到了传说中的“高级块糖”，确实比“杂拌糖”多样，也确实比“杂拌糖”好吃；那是“三年困难时期”过去了的事，中国经济开始复苏。

“高级块糖”也分几种——一般高级的是果味硬糖；更高级的是“大虾”“小人儿”“双喜”三种夹心酥糖；再高级的是“大白兔”奶糖，半硬不硬的一种；最高级的是“贵妃”软奶糖。如今想来好生奇怪,不知为什么糖纸上非印“贵妃”二字。

我下乡后,自己终于能挣钱了,有几次探家的日子里买过“高级块糖”——为了代母亲答谢母亲麻烦过的人家。

糖纸因其花花绿绿而受到爱好收藏的小学生的喜欢。有的自己曾吃过“高级块糖”,有的则是留意捡到的。想想吧,别人将高级的块糖吃掉了,随手将糖纸一扔,而自己则如获至宝地捡起,珍惜地予以收藏,证明收藏这件事是多么美妙多么令人上瘾呀!

当年爱好收藏糖纸的既有小学女生也有小学男生,女生多于男生。那是一件挺费心思的事——首先得具有一定的拥有数量;其次糖纸两边是拧过的,需在温水中浸泡多时,湿透后小心地用手指抚平;晾干后夹入一本什么书中才算大功告成。也不可暴晒,会晒脆。得使之阴干——深谙此点的小女生,往往将糖纸贴在下午朝阳的窗玻璃上。那时玻璃还有一定温度,晾干之效果极佳。

糖纸受青睐的程度,.不但视其包过何种糖,还与其上印着的厂家有关。若一张糖纸上印的是北京、上海、天津、广州某某糖厂的厂址及厂标，便属珍品。即使在当年，即使对于小学生，“京上津广”之大城市地位在心目中也已确立。而哈尔滨的小学生普遍认为，哈尔滨属于中国第五大城市这一点毫无疑问。

若一名爱好收藏糖纸的女生，将一张自己珍视的糖纸赠予有共同爱好的女生，则证明二人之间友谊笃焉。

我小学五年级时，班上一名女生因向另一名女生赠了一张稀有的糖纸，居然引起公安人员的调查——因那糖纸上印的是香港的一家糖厂，而受赠方之父亲阶级斗争的警惕性极高；经调查，赠予方的伯父是外贸干部，从香港带回了一斤香港糖而已。

自然，两名小学女生之间的友谊彻底完结。

我小学六年级时，哈尔滨出产了一种“酒心巧克力”；在巧克力糖的内部，包上了一小汪酒液。一斤糖中，有“茅台”“泸州老窖”“五粮液”“汾酒”等几种“酒心”。这种糖，属极品糖，即使在“京上津广”四大城市中也是最高级的礼糖。

当年我只见过那种糖的糖纸，没吃过。

包“酒心巧克力”的是一种叫“玻璃纸”的糖纸。极薄、透明。这种糖纸两边拧出的褶皱很不易压平，只能经水浸泡后用熨斗熨。一名与我关系好的男生拥有数张，偷偷用熨斗熨；不料熨斗落地，使自己的一只脚即被砸伤了，还挨了家长一顿骂。

我的一名“兵团战友”十几年前还保留着一部厚厚的“毛选合订本”，内夹二百余张各式各样的糖纸——是一名与他发生初恋的女知青送给他的定情物，而她不幸在一次扑山火行动中牺牲了，定情物于是成为情殇纪念物。以糖纸为书签，即使在当年的中学生中也较流行。但一名女中学生居然将小学时收藏的糖纸带到了北大荒，并且夹在“毛选”中，并且作为定情物一道赠给意中人，真是只有特殊年代才会发生的特殊之事啊。

烟纸是只有小学男生才会收藏的爱好。当年中国尚无硬盒烟，一概卷烟都是用印有标志性图画的烟纸所包的。某些烟纸的设计煞费匠心，具有独特的审美性。那么，收藏烟纸与收藏糖纸一样，初心分明源于对美的印在方寸之上的图画的喜爱；否则一名小学生为什么会收藏糖纸烟纸呢？确乎的，当年某些显示出绘画天分的少年、青年，小时候先是从临摹糖纸上烟纸上的图画开始，后来才转而临摹小人书的。

当年哈尔滨能见到的卷烟是——“经济”“葡萄”“迎春”“哈尔滨”;“群英”“前门”“牡丹”“凤凰”“中华”等几种。“经济”牌最便宜，8 分一包，不知哪里生产的，吸此烟的皆是从事苦力劳动而又家境十分困难的烟民。“葡萄”“迎春”属于同一价格的烟，2 角 3 分、2 角 4 分；“哈尔滨”3 角 2 分，与北京生产的“前门”价格接近。显然，就是冲着“前门”定的价。在以计划经济为铁律的当年，各省市之前也是实行地方市场保护主义的。可以这样说，在各类民用商品方面，其实从未做到严格意义上的计划经济。“牡丹”“凤凰”“中华”三种烟，属于最高级烟，每盒都在 5 角以上，只能在“特供商店”买到。“特供”不是面向一切高消费人士的，而是专指面向十三级以上干部的商店，购买要凭干部证的。不够十三级不卖给，仅属于高消费人士更不卖给。在这一点上，充分体现了“特供”之“特”和计划经济铁律。

故当年一名收藏烟纸的小学男生，若竟有“牡丹”“凤凰”“中华”等烟纸，自然会被有同好的同学刮目相看。寻常之人难以见到的香烟，一名小学男生居然拥有其烟纸，他本人也肯定有几分不寻常了呀！

直至我上了大学的1975年、1976年，一般人仍很难在哈尔滨买到以上三种高级过滤嘴烟。每有哈尔滨人寄给我钱，求我在上海帮助买。我在上海也得求人，却仅能买到“牡丹”“凤凰”。1980年以前，我连“中华”烟的烟纸也没见到过，更不要说“中华”烟了。

细思忖之，小学男生而喜欢收藏烟纸，与小学女生喜欢收藏糖纸的心理颇为不同。若言她们之收藏糖纸，纯粹是出于对花花绿绿的漂亮小纸片的喜欢；那么，小学五六年级男生之收藏烟纸，则也许包含了初萌的性意识的表现，而这当然是连自己也不明了的——他们的父辈多是体力劳动者，一向吸便宜的劣质烟的男人，这会使他们以为，烟是成熟的男人的标志，而吸好烟是有地位的男人的标志。那么，在尚未长成大人的时候，拥有较高级的、很高级的、特高级的烟纸，似乎会使自己比别的男生们显得不同寻常。为了寻找到少见的“珍稀”的烟纸，他们往往去到列车站、干部招待所或宾馆等地翻垃圾箱，以期有惊喜的发现。而一个事实确乎是，当年刚刚参加工作的青年，正是为了证明自己有“男子气”，不久便成了烟民。另一个事实是，恰恰是在物质匮乏、经济低迷的三年“困难时期”，收藏糖纸和烟纸的男生女生反而多了，这挺符合以精神满足而替代物质拥有的人性自慰本能。但一成为中学生了，不论她们还是他们，则都放弃曾经的收藏兴趣了，因为那会被认为太小孩子气。

当年小学男生中还流行一种收藏爱好——玻璃球。我至今也未搞清楚为什么会有玻璃球这种美妙的小东西。是的，当年在我看来，它们真是美妙极了，“内含”各种色彩鲜艳的“花瓣”，每一颗都如传说中的明珠。一分钱不花单靠捡，是绝对实现不了那一种收藏的——街头小店有卖的，单色的二分钱一个。若是三色的、五色的，往往贵到三四分钱甚至五分钱一个；五分钱可以买一支奶油冰棍啊！有的男生为了拥有较多的玻璃球，常到处捡废品卖钱。玻璃球也可以进行“弹溜溜”这一种游戏，规则类似打台球，有输的，有赢的，于是会产生“高手”——能在三四米远的范围内，仅凭姆指和二指的弹力，用自己的球击中对方的球，往往十中八九，所赢多多。在小学生中，弹玻璃球的高手，像乒乓球和篮球打得好的中学生高中生一样，也是一种光环。当然，这主要是一种底层人家的男孩们的玩法，而且主要进行在底层人家居住的大杂院中。生活优越的人家的男孩，大抵是不屑于玩的，也对收藏之不感兴趣。

收藏小人书，这是当年的小学生、中学生中最有文化的一种爱好。一本小人书，再便宜也要一角几分钱，贵的两角几分钱，少有超过三角钱的。而一两角钱，是父辈们买一包烟的钱。所以，收藏小人书这事，几乎不可能成为多数底层人家的子女的爱好。我当年是有过三十几本小人书的；我要为家里买粮、买菜、买煤和烧柴，总之是家里的“购买大员”，每次“贪污”几分打回的零钱，攒够一角多了，就买小人书。拥有二十几本后，也租过小人书，再用“租金”买小人书。我父亲常年工作在外省，母亲对我喜欢看小人书持特理解的态度，而这不啻是我成长时期的一种幸运。

收藏小人书，初心肯定是因为喜欢看小人书。至今令我困惑的是，在当年，在我这一代人中，喜欢看小人书的少男少女竟然很少。太奇怪了，大多数家庭并无收音机，也不订报，家中除了自己的课本，根本再无另外的书，连小人书也不是多么地想看，不寂寞吗？如果喜欢看的多，小人书铺便应该是个少男少女多多的地方呀！但实际情况并非如此，许多小人书铺其实很冷清，有五六个少男少女在看就算不错的时候了。

那么，当年的少男少女们的成长期都是怎么过来的呢？——当年的父母子女多，一个孩子已经是少男少女了，所应分担的家务也就多了。在底层人家，独生子女的现象是极少见的。在北方，当年底层人家的生活内容特别芜杂——挑水抬水、劈柴、做煤球、洗衣被，这些活都需要大孩子来分担，照顾小弟弟妹妹，协助父母服侍上了年纪行动不便的爷爷奶奶，更是许多大孩子的分内事。当年，是哥俩的两名小学男生吃力地走十几米歇一歇地往家抬一桶水；已经上小学五六年级的女生而替母亲喂小弟弟妹妹吃饭——这样的生活场景是常见的。

所以也可以这么说，除了学习和分担家务，再聚一起玩会儿，我的大多数同代人当年其实没多少时间光顾小人书铺。当年，在家中，我看小人书读成人书的更多的时候，是在煮饭的时候。煮软一锅玉米粥或高粱米粥，需小火煮上两个多小时，并且容易煳锅，所以得有人隔会儿看一下锅。坐在矮凳上守着炉口看书，当年是我特惬意特享受的美好时光。

不论男生女生，成了中学生，至少三分之一还是喜欢看文学书籍的。喜欢看的，并且有几本的，互相自会认识起来，都乐于交换看看。即使是借的，也很可能被央求不过，又借给了第三者，而第三者借给了第四个人，第四个人再借给了别人……

三分之二还多的中学生呢，有的因为连小人书也没看过，便对成人书完全不存想看之念，此种情况会一直延续到成了知青以后——当年我所在的连队，也有禁读小说在知青中违纪流传，喜欢看的，便互相约定："你看完了我看啊，记住了！"有的则对书极为漠然，即使每晚的偷看者就是自己的邻铺亦无动于衷，并且绝不会问："什么内容呀，看得那么入迷！"有的也曾想看，但"文革"忽然发生了，短短几个月间，中国没书可看了。这两类人，后来成为一生也没看过“闲书”的人。后来有了电视，有了手机，可看的内容多之又多，他们至死也不会觉得人生有什么遗憾。

从心理学上分析——如今买包要买鳄鱼皮的，买鞋要买鸵鸟皮的，买衣则以买兽皮的为好的一些人，与当年的小男生小女生收集稀有烟纸糖纸的心理没多大区别，都是基于同一想法——我有的是大多数人所没有的。比之于动物，这种想法并不高等。动物的幸运在于，断无此种想法，也不至于使自身的存活受此所累。而人正因为有此种想法，反而容易被不必要的拥有欲望异化了人生的简明意义——有限度地拥有自然会保障人生的品质；但人生绝不是为了无限度地拥有。一个人即使活上二百年，也还是无法将世界上的稀缺之物拥有遍了。而从宏观的人类的消费现象来看，可列入“何必”范围的事物已越来越多，全人类正在受此所累。

至于人和书籍的关系，不论事实证明读书之习惯对人多么有益，在中国，在相当长的时期内，没有读书习惯的人仍不会减少到哪儿去。这乃因为——许多非实用性的书籍对人的益处是一个长久发酵的过程，而吾国恰恰快速进入了一个膜拜实用性的历史阶段。

但这其实不必多么地忧虑，因为——“过程”之所以谓之为“过程”，正是由于总会过去的。

我的乡愁

我出生在哈尔滨；父亲出生在北京沿海地区的一个小村，离海三十几里，但不是渔村。早年间的村民也皆是农民，靠土地为生。不过土地稀少，且集中在地主户下，所谓农民多是佃农。

父亲是独生子，自幼失母。祖父也是独生子，同样是自幼失母的苦命人。因为没有土地，又没有一个完整的家，祖父的生存之道只能是做长工，就是终年吃住在地主家，为地主家干一切活的农村人。年终时，可多少得到点儿工钱。而我的父亲，七八岁起就做起了小长工，与他的父亲我的祖父一道寄居在长工屋里。

我的父亲从不说地主是地主。偶尔对我们谈起他小时候的事，习惯的说法是“东家”。

记得我的哥哥曾问过父亲——东家对他父子俩怎么样?

父亲的说法是——命不好，生来是长工嘛，非亲非故的，凭什么指望东家拿你当自家人对待呢？却也不能说东家是坏人，只要干活肯出力，东家那还是会看在眼里，记在心间，年底发工钱时大方一点儿的。

我父亲 14 岁那年，当地闹旱灾。父亲背着祖父，跟随一队逃荒的山东人“闯关东”——他 20 岁时，成了我们的父亲。1949 年后，他将我的爷爷接到了哈尔滨。

大约在我 5 岁时，爷爷去世了，葬于哈尔滨郊区的一片坟地。

我对爷爷有印象，却没有什么深刻的记忆。依稀记得的他，只不过是一个瘦高个儿的白胡子老头，会修鞋。有几次我曾到他修鞋的地方去找他，他给我买“列巴圈”吃。

哥哥上大学前，我曾陪他去往那片郊区的坟地，想为爷爷上一次坟，却没找到。当年底层人死了，坟前竖不起石碑，大抵是埋块写了墨字的木牌。而那样的木牌常被偷走，特别是新坟的。谁家亲人坟前的木牌一旦不见了，那坟在一大片坟地中就难以辨认了。

我下乡前，两个弟弟也陪我去找过一次，也没找到。

毕竟，那个会修鞋的瘦高的白胡子老头是我父亲的父亲。没有他，便没有我父亲，便也没有我们；这种本能的血亲意识促使我和哥哥去寻找。

何况，母亲也反复强调找的重要性。

她每说：“还是能找到好。找不到，以后就没法给你们爷爷上坟了啊！”

我父亲退休后，我也陪父亲去找过——那片坟地踏平了几处，仍未找到。

父亲回家的路上，沉默无语，表情戚然。

父亲退休前，曾带着弟弟妹妹回过老家一次。退休后，再没回去。据母亲说，他因为连自己父亲的坟都丧失了，内心十分惭愧，不愿回老家了。怕乡亲们问起，无言以对。

我在中国儿童电影制片厂工作时，代表父亲，做了一次郑重的决定——先是，父亲从哈尔滨转来一封信，是老家一位乡亲写给他的（我家在老家没有亲戚，只有乡亲）。村中将进行道路修建，爷爷名下的老屋要拆除。那老屋有六七十年历史了，石头砌的，年久失修，早已破败不堪。拆除所剩，无非一堆石块和几根大梁而已。而那位乡亲的儿子已订了婚，正准备盖新房，石块和大梁用得上。他给父亲写信的意思是，希望父亲同意将木料和大梁送给他家，以解他家为儿子盖新房尚缺用料的燃眉之急。

父亲将那封信转给我，意思很明显，是征求一下我的意见。

我除了同意，根本不会还有什么另外的意见啊——于是我代父亲写了一封无偿给予的声明书性质的信寄回了老家。

半月后收到了那位乡亲的回信——信上没有父亲按的手印，也无我单位盖的章，村委会对我的信不能采信。

我便又写了一封信寄往哈尔滨，嘱父亲按上手印尽快寄回；我收到后，请厂里盖上了单位公章，挂号寄往老家。

至此，似乎万事大吉了。

我因自己代父亲所做的决定的正确性，倍觉欣然。我一向认为，老家即使没有亲戚而只有乡亲了，那也到底还是老家啊！乡情乡情，包含着乡亲之情嘛！

那时，我一直有陪父亲再回一次老家的打算。我知道，父亲虽没说过，内心其实是很思乡的。我从没回过老家，也想亲自看看老家究竟是怎样的一个村子。

但父亲不久患了癌症，当年去世了。

父亲逝后，我回老家的想法迫切了，强烈了，掺杂着代父亲实现生前愿望的内疚。

第二年春季，我正在班上呢，北影传达室将电话打到了童影厂，说我的一位婶找我找到了北影。

我想了想，回答说自己在哈尔滨也没婶呀。

北影传达室的同志说，不是你哈尔滨的婶，是你山东老家的婶。

我肯定地说，自己山东老家更没什么婶了，估计是精神有毛病的滋扰者吧?

传达室的同志也肯定地说，绝对不是你以为的那样，自称是你婶的女人又饿又渴，像是有十万火急的事才来北京找你的，你快见上人家吧!

我匆匆赶到北影传达室，一位身体健壮、脸色晒得很黑的农妇，听传达室的同志指着我说“他就是梁晓声”，立即双膝齐跪于我面前，抱住我腿说：“晓声侄子，可不得了啦！老家出了人命大事啦！婶来找你，是要求你救救我儿子呀！……”

言罢，号啕大哭。

我惊愕万分，一头雾水。

传达室非是细听端详的地方，我只得将她带回家。那一路，婶哭泣不止，我心中七上八下、忐忑不安。

到了我家，婶喝过几口水后，这才稍稍平定了情绪，对我讲述分明——原来，是我代表父亲给予她家那一堆石料惹的祸。按道理，那堆石料本不该她一家所得。即使我家无偿给予，也应首先给予队里，充公后由队里分配。偏偏她家人抢先一步，手中握有我的信了，于是独得。又于是，引起了矛盾。春节期间，她家独生子与别人家独生子因积下的矛盾发生言语冲突。都是未婚青年，又都喝得半醉，结果她家儿子一刀将别人家儿子捅死了；她家儿子也被省法院判了死刑，等待执行……

可以这样说，当时直听得我心惊肉跳，六神无主。此等恶性事件，发生在不相干的人身上，自己听来是一回事；由自己亲笔写下的一封信所导致，听来不由我不脊背发冷。

婶希望我陪她去最高法院，申诉她儿子完全是过失杀人，恳请法院判个死缓，留她儿子一命。

一堆石头，几根六七十年前的木料，竟使两户农民都失去了年轻的生命，我也感到过于可悲。何况，两个小伙子是两家的独生子！

事不宜迟。我匆匆做了顿饭，在婶吃着的时候，自己伏案疾书，写起陈情表式的上诉状来。待我写完，婶还没吃几口饭呢。

我理解，她哪里又吃得下去！

当年，最高法院在丰台设有上访接待处。当年的北京，交通不像如今这般便利，难得一见出租车。我和婶赶到时，已三点多了。好在那时人已不多。接待的同志颇有耐心。而婶那时身心疲惫，显然丧失了正常的陈述能力，我便代为陈述。对方听罢，表情亦凝重，看似与我有同感。待我替婶登记完毕，呈递了申诉状，婶说她走不动了。我挽她在外边休息了良久，并劝道，结果或许能有转机。岂料不劝则已，一劝之下，她又哭开了。

如今，可悲之事已经过去二十五六年了，我仍没回过那个是我祖籍之地的小村。每一想到它，心里阴影挥之难去。

一堆石头，几根大梁，当年二三百元的东西，使两户农民都失去了还没成过亲的是棒小伙的独生子——这件与我亲笔写的两封信有关系的事，使我对“贫穷”二字怀有深仇大恨般的咒心。

《周易》中不仅有“天行健，君子以自强不息”“地势坤，君子以厚德载物”这等亘古名句，还有所谓“五福”“六极”。“五福”姑且不论，单说“六极”，四曰贫、五曰恶、六曰弱。贫在恶前，证明连古人也晓得——贫必生恶事，故贫乃恶之根源之一。不治民间贫境，则国运之弱不能变。

萧伯纳也曾阐述过贫穷。他的话一言以蔽之——富有本身不是罪恶。但如果不能以有效的方式扶贫，不论个人或国家的富有，实际上便都成了与“六极”共存的图景。

故我对“精准扶贫”的国策，发自内心地力挺。

并且我确实看到，“精准扶贫”像“反腐倡廉”一样，不再是口号，而是坚定不移的行动。

值得高兴的是，那个是我祖籍的小村，以旅游业为发展龙头，多种经营，方方面面都发生了巨大变化。还成立了集团公司，绝大多数农民都成了公司股民，过上了较好的生活。

我也就打算克服心理阴影，替我的祖父和父亲回去一次了……

冉的哀悼

简直也可以说，冉是一个兼职的但同时又特别专业的哀悼者。

冉是农家女。她的家离她所生活的这座地级市三百多里。如今，中国的铁路和公路四通八达，她回农村探望父母已成经常之事。而且，她父母的身体一向很健康。

按现在对于城市的分法，地级市属三级城市。印在冉身份证上的这座地级市，是长江三角洲经济较发达的城市之一。虽属三级城市，仅市区也有一百五六十万人口了。若在欧洲，算不小的城市。

它是一座美丽的城市，有河流穿城而过，两侧的步行街绿荫成行，四季中有三季鲜花盛开，近年还增添了几组雕塑。凡到过这座城市的外地人，都对它的宜居和环境的整洁印象深刻，也都能感觉到该市较高的幸福指数。

1982 年出生的陶冉，每自诩是同代人中的“大姐大”。她有中文系研究生学历，本科和研究生岁月是在北京同一所大学度过的。毕业时自行打消了留在首都的心念，自忖那并非明智的决定。一杆子插到底，回归至离父母最近的该市。她很幸运，虽无“后门”，却一举考上了公务员，分配在市政府老干部管理局。地级市的局是处级单位，当时有一位局长和一名女办事员，算她三人。她是研究生，一参加工作便是副科级。有干部级别，却不带长。一年后这个局取消了，改为老干部管理中心了。又一年后中心主任也就是曾经的局长调走了，她当上了代理主任。不久女办事员退休了，“中心”只剩下她一个人独当一面了。该市虽是地级市，但当年留下来的南下干部较多，有的人的革命资历不浅。独当一面够忙的，她却很乐于为他们离退休后的生活服务，并无怨言。那时他们都叫她小陶，而她近水楼台先得月，利用他们的影响力，将丈夫调到国企了，将女儿送入重点托儿所了，贷款买到了价格优惠的住房。连她和丈夫的婚姻，也是他们中的一位做的月下老人。那时他们帮她帮得都很主动，也很高兴。因为她等于是他们和组织之间的联络员，不仅仅是服务员。而她，由于受到他们的关照，为他们服务也更加热忱和周到了——冉是个知恩图报的人。过了两年，终于又调入了一名大学生办事员，她的职务的代字也取消了，熬成正式的主任了。并且，入党了。相应地，由副科级转正科级了。

似乎就是从那时起，他们都不叫她小陶了，皆改口叫她“小冉”了。是一位患了帕金森综合征的老同志先那么叫的，逐渐地，都那么叫她了。他们的解释是——冉嘛，令人联想到旭日初升，预示着她进步的空间还很大，是对她更好的称谓。

对他们在此点上的集体的善意，她欣然接受。不知不觉的，她听他们叫自己“小冉”听顺耳了，仿佛自己不是姓陶而是姓冉了。

他们和她的关系，也发生了微妙的变化。以前她是小陶时，他们仅仅视她为服务员、联络员。离退休后，与组织的关系一年比一年淡化，需要联络的事越来越少，随着岁数的增加，这种病那种病多了。普遍情况是，旧病未去，又添新病了。所以，对服务的希望也就是对关怀的希望，才是他们对她的主要寄托。特别是，对离退休干部实行老人老办法，新人新办法后，有些曾经是这个长那个长的人的工资和医药费由社保机构代发和报销了，这使他们一时难以适应，也很失落，牢骚、怪话甚至不悦情绪，每每宣泄在针对她的服务方面。

她成为正式的主任后，他们明显地有几分哈着她了。毕竟，她成为代表组织“管理”他们的最大的干部了。别的姑且不论，惹她不高兴了，一年少探望自己几次，那份儿形同被组织冷落般的感受，就够自己郁闷的了。何况还有追悼会这码事呢！他们中有谁逝世了，不成文的规定是——除了个别老革命外，市委市政府一般仅献花圈，领导们都不参加吊唁了。而对局以下干部的追悼会，原则上“中心”送花圈即可。这么一来，如果“中心”不但送了花圈，冉还亲自参加了某位普通干部的追悼会，对家属便意味着是一种重视了，对于死者也意味着是一种哀荣了。总而言之，成为主任之后的小陶不但是“小冉”了，对于他们及他们的亲人，俨然是一位有光环的人物了。

但是冉自己却没滋生什么优越感。她的人生已开始顺遂，无须再借用他们的影响力实现什么个人愿望了。“八项规定”颁布后，他们的影响力大打折扣了。尽管如此，成为主任以后的冉，对他们的关怀和服务更主动、更上心了。在她眼中，他们也不过就是些需要自己代表体制多给予一些温暖的老人而已。尤其是在参加追悼会方面，不论级别高低，她几乎无一例外地亲自前往。她的想法是——既然没有明文规定限制我参加谁的追悼会，既然死者家属全都希望我参加他们的亲人的追悼会，我陶冉为什么不去呢？除了能满足别人对我的这么一点点希望，我陶冉另外也给不了人世间什么温暖啊。

近年，她参加追悼会的次数多了，几乎每年都参加一两次。有一年，参加了三次。

2017 年，她已经 35 岁了，仍是主任。

她对参加追悼会这件事的态度极其郑重，比应邀参加别人的婚礼郑重多了。婚礼是可以推托的，也可以只随份子人不到场。但对于她所“管理”的人们的追悼会，她认为任何理由的推托都是对死者的不友善，也会使家属们因而徒增伤感。何况，参加追悼会本已成为自己的工作内容，每每，还“被”体现为“重中之重”。不论自己平时对谁多么关怀，却居然并没亲自参加他（她）的追悼会，那么此前的关怀很可能就被死者家属所感觉的遗憾抵消了。

她为自己买了一套参加追悼会时才穿的“工作服”。即使追悼会是在冬季举行，她也要将“工作服”穿在棉衣里边，到了追悼现场再将棉衣脱掉。过程通常是这样——直系亲属站在死者遗体一侧，首先由单位领导也就是她鞠躬默哀，与遗体告别，与亲属一一握手，可以不说话，也可以说“节哀”——每次她都能将这一过程完成得非常到位。那时她表情哀肃，举手投足，或行或止，都有那么一种宛如大领导的范儿。但她绝不是装的，也不是以什么理念要求自己那样。而是身临其境之后，自然而然地就那样了。对于自己所哀悼的每一位死者，她内心里真的会油然产生大的悲悯和忧伤。

相对于死，活着到底是好的——除非是生不如死的活法。

参加了多次追悼会后，她对人生形成了一种只对丈夫说过的理解——人出生后由父母代领出生证明，死后由儿女代领死亡证明；对一个人最重要的证明，却都不是自己领取的。而所谓人生，成功也罢，精彩也罢，伟大也罢，或反过来，其实都只不过是两份证明之间的存在现象而已……

她丈夫立刻附和道："对对，所以咱俩要把小日子经营好，能及时行乐就该及时行乐！"

她却说："该及时行悲那也得及时行悲。"

丈夫愣了愣，不高兴地说："你怎么又把话扯到你的工作上去了？我再表明态度，对你每次都亲自参加追悼会，我就是反对！"

她说："我也就能那么给别人送一点儿温暖，临死的时候可以对自己说，我也对得起生命。"

"越说越不吉利！不爱听不爱听。你是主任，该派小李去的时候，为什么不派小李去？每次你都亲自去，主任不是白当了。"

小李是后来分到"中心"的办事员。

"正因为我是主任，我去才与小李去不一样嘛。再说小李有遗体恐惧症，我还没想出怎么锻炼她的好办法……"

夫妻俩一向和和睦睦的，却因为她似乎"喜欢"参加追悼会而经常闹别扭了。

立冬后的一天，在家里，冉又接到了一次希望她参加追悼会的电话——一位曾经的副市长去世了，他妻子通告冉。

死者才六十几岁，早逝使亲人们多么的悲痛可想而知。死者退休前因为连带工作责任受过处分，还降了半级。估计，他的死与不良情绪有关。市一级领导不会参加他的追悼会的，这也是明摆着的事。

"小冉，你肯参加我老伴的追悼会不？"

电话那端传来了哭声。

“阿姨，我肯定参加。追悼会有什么需要我协助的事，您只管吩咐。”

冉不假思索地保证了。

“你就不能找个理由不参加吗？”

她还低头看着手机发呆呢，丈夫从旁表示不满了。

“可我确实没什么理由不参加呀。”

她抬头望着丈夫，一脸沉思。

“你这么不讲工作策略以后是会犯错误的！”

丈夫恼火了。

“人家丈夫不幸早逝了，我跟人家讲什么策略呀？又能犯什么错误呢？哪儿跟哪儿呀？”

冉也大为不悦了。

追悼会前一天早上，她接到了母亲的电话——母亲告诉她，她父亲由于急性心脏病住院了，盼望她早点儿赶回去。

丈夫说：“正好，这是个充分的理由，你不要去参加追悼会了！”

她说：“可我已经保证了呀。”

“你怎么还这么死心眼儿啊！立刻买火车票回去，我替你参加行不？”

丈夫急了。

“你立刻请假，先替我回去行不？”

他的话说出了恳求的意味。

第二天，冉将儿子送到了公婆家，一参加完追悼会，直奔火车站。

当她坐在列车上时，丈夫给她发了一条短信——冉你要坚强，咱爸走了……

她顿时泪如泉涌，片刻失声痛哭——车厢里斯时肃静异常，使她的哭声听来像是经过效果处理的录音。

在农村，在她父亲的丧事上，出现了不少城里人，有的分明还是夫妇。而那些男人，看去皆有几分干部模样……

宏的明天

我因为要写一份关于《中华人民共和国劳动法》（以下简称《劳动法》）在现实生活中的遵守情况的调研报告，结识了某些在公司上班的青年——有国企的，也有民营的；有大公司的，也有小公司的。

张宏是一家较大民营企业的员工，项目开发部小组长；男，27岁，还没对象，外省人，毕业于北京某大学，专业是三维设计；毕业后留京了，加入了“三无”大军——无户口，无亲人，无稳定住处；已“跳槽”三次，在目前的公司一年多了，工资涨到了一万三千元。

他在北京郊区与另外两名“三无”青年合租了一套小三居室，每人一间住屋，共用10余平方米的客厅，各自交一千多元月租。他每天早上七点必须准时离开住处，骑十几分钟共享单车至地铁站——在地铁内倒一次车，进城后再骑二十几分钟共享单车。如果顺利，九点前能赶到公司，刷上卡。公司明文规定，迟到一分钟也算迟到。迟到就要扣奖金。打卡机六亲不认。他说自从到了公司后，从没迟到过，能当上小组长，除了专业能力强，与从没迟到过不无关系。公司为了扩大业务范围和知名度，也经常搞文化公益讲座——他联络和协调能力较强，一搞活动，就被借到活动组了；故我认识了他。他也就经常成为我的采访对象回答我的问题。

我曾问他对现在的工作满意不满意？

他说挺知足。

问他每月能攒下多少钱？

他如实告诉我——父母身体不好，都没到外地打工，在家中务农，土地少，辛苦一年挣不下钱的。父母还经常生病，如果他不每月往家寄钱，父母就会因钱犯愁的。说妹妹在读高中，明年该考大学了，他得为妹妹准备一笔学费。说一万三千元的工资，去了房租，扣除“双险”税后剩七千多了。自己省着花，每月的生活费也要一千多。按月往家里寄两千元，还能存点钱那也不多了。我很困惑，问他是否打算在北京买房子？

他苦笑，说怎么敢有那种想法？

问他希望找到什么样的对象？

他又苦笑，说像我这样的，哪个姑娘肯嫁给我呢？

我说你形象不错，收入又挺高，愿意嫁给你的姑娘肯定不少啊。

他说您别安慰我了，一无所有，每月才能攒下三四千元，想在北京找到对象是很难的——发了会儿呆，又说，如果回到本省，估计找对象容易些。

我说，那就考虑回到本省嘛，何必非漂在北京呢？终身大事早点定下来了，父母不是就早点省心了吗？

他长叹一声，说不是没考虑过，认真考虑过的。但若回到本省，不管找到的是什么样的工作，工资肯定少一多半。而目前的情况是，他的工资是全家四口的主要收入，工资少了一半，全家的生活就难以为继了。父母供他上完大学不容易，他有责任回报家庭。说为了父母和妹妹，个人问题只能先放一边。沉默片刻，主动又说——看出您刚才的不解了，别以为我花钱大手大脚的，不是那样的。我们的工资分两部分，有一部分是绩效工资，年终才发。发多发少，要看加班表现。他说为了获得全额的绩效工资，他每年都加班二百多天，往往，双休日也自觉加班。一加班，回到住地就快十二点了。家在北京的同事回到家会早点，像他这样北京没家又住在郊区的，十一点能回到家就算早了。说全公司外地同事多，都希望能在年终拿到全额的绩效工资，无形中就比着加班了，而这正是公司的头头们乐见的。他是小组长，更得带头加班。加不加班不是个人的事，也是全组、全部门的事。组与组之间比，部门与部门之间也比。哪个组、哪个部门加班的人少，时间短，全组全部门的人的绩效工资都受影响。拖了大家后腿的人，必定受到集体抱怨。对谁的抱怨强烈了，谁不是就没法在公司干下去了吗？

我又困惑了，说加班的事，应以自愿为原则呀。情况特殊，赶任务，偶尔加班不该计较，经常加班，不成了变相延长工时吗？违反《劳动法》啊！

他又苦笑，说也不能以违反《劳动法》而论，谁都与公司签了合同的。在合同中，绩效工资的文字体现是“年终奖金”。你平时不积极加班，为什么年终非发给你奖金呢？

见我仍不解，继续说——有些事，不能太较真的。国企也罢，私企也罢，全中国，不加班的公司太少了。那样的公司，也不是一般人进得去的呀！

交谈是在我家进行的——他代表他们公司请我到某大学讲座两场，而那向来都是我甚不情愿的。六十五岁以后的我，越来越喜欢独处了。不论讲什么，总之是要做准备的，颇费心思。

见我犹豫不决，他赶紧改口说：“讲一次也行。关于文学的，或关于文化的，随便您讲什么，题目您定。”

我也立刻表态：“那就只讲一次。”

我之所以违心地答应了，完全是由于实在不忍心当面拒绝他。我明白，如果我不承诺，他很难向公司交差的。

后来我俩开始了短信沟通，确定具体时间、讲座内容、接送方式，等等。始称他“宏”，而非“小张”。

我最后给他发的短信是——不必接送，我家离那所大学近，自己“打的”去回即可。

他回的短信是——那绝对不行，明天晚上我准时在您家楼下等你。

我就拨通他的手机，坚决而大声地说：“根本没必要！此事我做主，必须听我的。如果明天你出现在我面前了，我会生气的。”

他那头小声说：“老师别急，我听您的，听您的。”

“你在哪儿呢？”

“在公司，加班。”

那时九点多了。

我也小声说：“明天不是晚上八点讲座吗？那么你七点下班，就说接我到大学去，但要直接回家，听明白了？”

“明白，谢谢老师关怀。”

结束通话，我陷入了良久的郁闷，一个问号在心头总是挥之不去——中国之广大的年轻人如果不这么上班，中国梦就实现不了啦？

第二天晚上七点，宏还是出现在我面前了。

我和他都坐在他约的车里后，因为他不听我的话，我很不开心，一言不发。

他说："您不是告诉过我，您是个落伍的人吗？今天晚上多冷啊，万一您在马路边站了很久也拦不到车呢？我不来接您，不是照例得加班吗？"

他的话不是没道理，我不给他脸色看了。

我说："送我到学校后，你回家。难得能早下班一次，干吗不？"

他说："行。"

我说："向我保证。"

他说："我保证。"

我按规定结束了一个半小时的讲座，之后是半小时互动。互动超时了，十点二十才作罢。有些学子要签书，我离开会场时十点四十多了。

宏没回家。

他已约到了一辆车，在会场台阶上等我。

在车里，他说："这地方很难打到'的'，如果你是我，你能不等吗？"

我说："我没生气。"

沉默一会，我又说："我很感动。"

车到我家楼前时，十一点多了。

我很想说："宏，今晚住我家吧。"

却没那么说。肯定，说了也白说。

ノ

我躺在床上后，忽然想起——明天上午有人要来取走调研报告，可有几个问题我还不太清楚，纸上空着行呢，忍不住拿起了手机，打算与宏通话。刚拿起，又放下了。估计他还没到家，不忍心向他发问。

第二天上午九点左右，忍了几忍没忍住，拨通了宏的手机。

不料宏已在列车上。

"你怎么会在列车上？"——我大为诧异。

他说昨天在回住处的路上，部门的一位头头通告他，必须在今天早上七点赶到火车站，陪头头到东北某市去洽谈业务。因为要现买票，所以得早去。

我说你没跟头头讲，你昨天半夜才到家吗？

他小声说，老师，不能那么讲的。是公司的临时决定，让他陪着，也是对他的倚重啊。

他问我有什么“指示”？

我说没什么事，只不过昨天见他一脸疲惫，担心他累病了。

他说不会的。自己年轻，再累，只要能好好睡一觉，精力就会恢复的。

又一个明天，晚上十点来钟，他很抱歉地与我通话——请求我，千万不要以他为例，将他告诉我的一些情况写入我的调研报告。

“如果别人猜到了你举的例子是我，那我不但在这家公司没法工作下去了，以后肯定连找工作都难了……老师，我从没挣到过一万三千多元，虽然包含绩效工资和‘双险’，虽然是税前，那我的工资对我们全家也万分重要啊！”

我说："理解，调研报告还在我手里。"

我问他在哪儿，干什么呢?

他说在宾馆房间，得整理出一份关于白天洽谈情况的材料，明天一早发回公司。

该日的第二天，又是晚上十点来钟，接到了他的一条短信——梁老师，学校根据您的讲座录音打出了一份文稿，发给了我，请将您的邮箱发给我，我初步顺一顺再发给您。他们的校网站要用，希望您同意!

我没邮箱，将儿子的邮箱发给了他，并附了一句话——你别管了，直接发给我吧。

第二天上午十点多钟，再次收到宏的短信——梁老师，我一到东北就感冒了，昨天夜里发高烧了。您的讲座文稿我没顺完，发给公司的一名同事了。她会代我顺完，送您家去，请您过目。您在短信中叫我"宏"，我很开心。您对我的短信称呼，使我觉得自己的名字特诗意，因而也觉得生活多了种诗意，宏谢谢您了。

我除了回复短信嘱他多多保重，再就词穷了。

几天后，我家来了一位姑娘，是宏的同事，送我的讲座文稿。因为校方催得急，我在改，她在等。

我见她一脸倦容，随口问："没睡好？"

她窘笑道："昨晚加班，到家快十二点了。"

我心一酸，又问："宏怎么样了？"

她反问："宏是谁？"

我说："小张，张宏。"

她同情地说——张宏由于发高烧患上急性肺炎了，偏偏他父亲又病重住院了。所以他请长假回农村老家去了……

送走那姑娘不久，宏发来了一条短信——梁老师，我的情况，估计我同事已告诉您了。我不知自己会在家里住多久，很需要您的帮助，希望您能给我们公司的领导写封信，请他们千万保留我的工作岗位。那一份工作，宏实在是丢不起的。

我默默吸完一支烟，默默坐到了写字桌前……

孩子·驴子和水

那是一头漂亮驴子。三岁多了，能干不少活了。

驴子属于牲畜。

如果将迄今为止的中国历史数字化，则可以这么说，此前十之七八的历史是农业史。当然，全人类的历史也是如此。

在漫长的农业时期，牛马骡驴四类能帮人干活的牲畜，也被中国某些省份的农民叫作“牲口”。牲畜是世界性叫法；“牲口”是中国的特殊叫法。特殊就特殊在，视它们为另册的人口。在古代，评估一个农村大家族兴旺程度时，每言人口多少，“牲口”多少。“土改”划成分时，土地和“牲口”是两项主要依据。若一户农民分到了一头“牲口”，必会兴高彩烈。

“牲口”实际上是对牲畜含有敬意的尊称。

在四类“牲口”中，驴子的地位排在最后。牛马骡的力气都比它大，它干不了的重活，对牛马骡来说都不是个事儿。通常情况下，驴的本职工作是拉碾子、磨或轻便的载物小车、代足。如果代足，骑它的大抵是女人、老人和孩子。大男子一般是不骑驴的，会觉得有失风度。若驴干的是第一种活，那时它是比较可怜的。怕它晕，人要将它的眼罩上。它围着磨盘或碾盘，转了一圈又一圈。即使很累了，人不喝它停止，它自己则不停止。往往，一干就是一天。秋季，需去壳的粮食多，一两个月内，它从早到晚被罩着眼，拉着沉重的碾石或磨扇一千圈又一千圈地转啊转的。它也往往充当拉大车的牛马骡的边套。驴那时是不惜力气的，实心实意地往前拉。可一卸了车，人首先将水桶和草料袋子拎向驾辕的牛马骡，待它们饮够了吃饱了，才轮到驴。人觉得，最辛苦的当然是驾辕的牲口。在“大牲口”中，驴一向被视为小字辈。如果牛马骡是自家的，且正当壮年，农民往往会以欣赏的目光望着它们，目光中有时甚至会流露着感激，却很少以那种目光看驴。

但，一个孩子却经常以欣赏的目光望着自家的驴，欣赏起来没个够。在他眼中，他家的驴好漂亮啊——免耳似的一对耳朵，睫毛很长的眼睛，不宽不窄的头，不厚不薄的唇，肩部那条驴们特有的招牌式的深色条纹，直直的腿，完好的尚未受损的蹄……总之，在那孩子的眼中，他家的驴哪儿哪儿都漂亮，没有一处不耐看。

十五岁的少年只从印刷品上见过牛和马，还没见过真的。至于骡，他仅仅会写那个字，都没从印刷品上见过。他也暗自承认印刷品上的牛和马皆很精神，各有各的风采。但它们是印在纸上的，不是他家的呀。而且，不论他还是他父母，都不敢想自己家里会有一头牛或一匹马。中国刚实行分田到户不久，全村哪一户人家都不敢做家有大牲口的中国梦。

那个村太小，在大山深处，东一户西一户的，几十户农家分散而居，围绕着面积有限的一片可耕地。不论每家的人多么勤劳，那么少的土地上打下的粮食从没使人们吃饱过。1949 年以前，农户更少，年光好的时候，据说吃饱饭还不成问题。后来，被迁到此处的农户多了（皆是别处成分不好或大人有什么政治问题的人家），全村就只能年年靠救济粮度日了。若无救济粮，谁家的日子都没法过。

然而那少年当年却是有自己的中国梦的，他正处在喜欢有梦想的年龄嘛。他家的驴是好的，他的梦想是它经常做母亲，每年都会生下小驴，一头头送给别人家，于是全村有了很多驴，家家都有了小驴车；女人、老人和孩子们，经常可以进县城了。十五岁那年的他，还没进过县城。进过县城的孩子是有数的几个，进县城是他的另一个中国梦。

他不可能不对别人说说自己的梦想，首先听他说过的是他父亲。

“不许你再做那种大头梦！你也是驴脑子呀？还梦想着家家都养驴！人不喝水了呀？！”

父亲生气地一训，他就再也不在家里说他的梦想了。

对于一个少年，心有梦想是憋不住的。不久，老师和同学们也知道他的梦想了。同学们对他的梦想都持嘲笑的态度——和驴联系在一起的梦想，也能算是梦想吗？梦想应该是高级的想法嘛！老师却对他的梦想深有感触，鼓励他写出来。他就写了。几个月后，他家的驴出了名，他也出了名，因为他的梦想登在县里的文学刊物上了。同村的同学将此事在村中说开了，不仅他的父母，村里的大人都对他刮目相看了。

但是对那头驴，他父亲的既定方针并没改变——尽快卖掉。那也就意味着，县里某些饭馆的菜单上，会多了以“驴肉”二字吸引人眼球的菜名；县城里没有靠驴来干的什么活。村里的大人们也都认为，他父亲尽快那么做了，才不失为明智的一家之主。

分田到户时，那头驴出生不久。此前，它的母亲是队里重要的公共财富，为队里贡献了毕生力气，生下它没隔几天就病死了。它的父亲是另外一个队的牲口，被杀掉了，将肉分吃了。土地是可以分的，活驴没法分。小驴没人家愿要，都明白长大了谁家也养不起，驴的胃口并不比牛马骡小多少。单干了每家才分几亩地，庄稼活人就干得过来，何必非养一头驴？少年的父亲出于恻隐之心，将小驴牵回家了。果不其然，驴子后来给他家带来了很大的烦恼——全村人仅靠一口井解决饮用水问题，井水忽然变浅了。县里的地质专家给出的结论是，因为水层太薄，已快渗完了。解决方案是，需找准水层丰沛的地方，用钻井机再钻出一处深井，起码得钻一百几十米，也许还要深，并且要靠压水设备将水压上来。总之，在当年，少说得花十几万元。村里的人家生活都很困难，凑不了那么大数目的一笔钱，只得作罢。后来，井水更浅了，便每家轮流用水。轮到谁家，将孩子和桶靠滑轮吊下井去，一大碗一大碗地往桶里装水。每户人家斯时全家出动，将一切能盛水的东西都用上，轮到一次要一周多呢！倘缺水了，就得向别人家借水啊！

轮到那少年家时，他母亲曾将驴子也牵到井边。拽上的第一桶水先不往家里拎，而是先让驴子饮个够。那驴经常处于渴而无水可饮的情况，有几次都闯入屋里找水喝了。见着水，饮得像没个够似的。往往，一抬头，一小桶水已饮光了。有时村人看见了，心里便生气。又看见了，就光火了——“专家说水层都快渗不出水来了，那话你家人也听到的！还讲不讲点人道主义啦？”少年的母亲也生气了：“到哪时说哪时，现在不是还有水吗？有水我就不能让我家的驴活活渴死！我家的驴还被别人家借去干过许多活呢，这又该怎么说？”

结果，就吵了起来。少年赶紧将驴牵回家去，他父亲则急忙跑到井那儿去制止自己的老婆，向对方谢罪。他父亲的内心里，也曾有过如儿子一样的梦想——造一辆小驴车，使自己的老婆儿子进县城变得容易些。没想到出了水的实际问题，梦想破灭了。自从发生了吵架事件，少年的父亲卖驴的想法更急迫了，只不过一时还找不到出价合理的买主。而少年，望着他眼中那头漂亮的驴子时，目光忧郁了，他变得心事忡忡了。有天夜里，他将驴牵到了井边，将长绳的一端系在驴身上，另一端系自己腰上，一手拎小桶，缓缓下到十几米深的井里。好在井壁并不平滑，突出着些石凸，可踏足。预先测准距离，并无危险。驴也听话，命它在哪站定，就老老实实站在哪儿，一动不动。待拎上半桶水，看着驴一口气饮光了，再下井。每次，驴都能饮光两小半桶。临走，还要拎回家半小桶水。那驴聪明，经过两次后，明白小主人的半夜行动是出于对它的爱心，以后就极配合了。因为半夜饮足了水，白天不那么渴了，不犯驴脾气了，干起活来格外有劲儿了。有天夜里下雪了，他也粗心大意了，留下了蹄印和足迹。天亮后，一些男人女人聚到了他家院门前，嚷嚷成一片，指责他家人偷水。

丢人啊！

但那种行为确实是偷嘛！

他母亲臊得不出屋，他父亲当众扇了他一耳光，保证当日就杀驴，驴肉分给每一家，算是谢罪。待人们散去，父亲一会儿磨刀，一会儿结绳套，瞪着驴，刚说完非把你杀了不可，叹口气又说，我下得了手吗？要不就吊死你！又瞪着少年吼，我一个人弄得死它吗？你必须帮我！

少年就流泪了。

驴也意识到问题严重了，大祸即将临头了，在圈内贴壁而站，惴惴不安。

那时村里出现了几名军人，是招兵的。为首的是位连长，被支书安排住到了他家。该县是贫困县，该村是贫困村。上级指示，招兵也应向贫困村倾斜，所以他们亲自来了。

天黑后，趁父母没注意，少年进入了连长住的小屋。

连长笑问："想走我后门参军？那可不行。我住在你家里了也不能为你开后门。招兵是严肃的事，各方面必须符合条件。"

他哭了。说自己参得了军参不了军无所谓，尽管自己非常想参军——他哀求连长他们走时，将他家的驴买走，那等于救它一命。他夸他家的驴是一头多么多么能干活的驴，绝不会使部队白养的。

连长从枕下抽出两期杂志，又问："发表在这上边的两篇关于驴的散文，是你写的？"

那时他已发表了他的第二篇散文，第二篇比第一篇反响更好。他点头承认了。连长是喜欢文学的人，杂志是在县里买的。上世纪80年代的中国，是文学很热的年代，那份杂志是县里的文化名片。

一位招兵的连长，一个贫困农村的少年，因为文学的作用忽然有了共同语言。

连长说："你对你家的驴感情很深啊！"

他说："它早已经是我朋友了。它为我家为别人家干了那么多活，人得讲良心。"

连长思忖着说："是啊，完全同意你的话。"

由于家中住了一位连长，他爸暂且不提怎么弄死那头驴了。

而那少年，已过十八岁生日了，严格说属于小青年了。他和同村的几名小青年到县里一检查身体，都合乎入伍条件，于是都成了新兵。即将离村时，唯独他迟迟不出家门。连长迈进他家院子，见他抱着驴头在哭呢。

他父说："你倒是快走哇！"

他就跪下了，对父亲说："爸，千万别杀死我的朋友……我走了，不是等于省下一份给它喝的水了吗？……"

连长表情为之戚然，也说："老乡，告诉大家，我保证，一回到部队就号召捐款，争取能为你们村集到一笔够打机井的钱。"

连长和他刚走出院子，驴圈里猛响起一阵驴叫，听来像是驴也放声大哭了……

2017 年 12 月某日，在一次扶贫题材的电视剧提纲讨论会上，一位转业后当起了影视投资公司项目主管的曾经的团长，讲了以上他和一头驴子的往事。

讨论会我也应邀参加了。

有人问："你们那个县现在情况如何了？"

他说还是贫困县，但已确实在发生一年比一年好的变化。

有人问："你们那个村呢？"

他说已有两口机井，不再缺水了；与县城之间，也有一条畅通的公路了。

导演问："那头驴后来怎么样了？"

曾经的步兵团的团长，五十几岁的大老爷们，眼眶顿时湿了。他说，据他父亲讲，当年为了送一名难产的女人到县医院去，一路奔跑，累死在医院门前了。

他说，他无法证实父亲的话是真是假。既然村人们的口径一致，他宁愿相信真是那么回事。

"导演，请把我的朋友写到剧本中吧。没有它，我也许不会热爱上文学，也许不会有现在这一种人生。我一直在想用什么方式纪念它，人得讲良心，求你了……”

众人肃然。而且，愀然。

导演看着编剧说：“加上这个情节，必须。否则，咱们都成了没良心的人了，可咱们得成为讲良心的人！”

众人点头。

关于读书

散步有益于健康，读书好比大脑的散步。谁都知道，不管工作多忙，也要抽出时间散步的好处。我们的大脑同样需要放松一下。

对于我们的大脑，听一曲音乐是放松，欣赏一幅画作是放松，发一会儿呆什么都不想也是放松——许多人以为，读书反而占用了大脑的休息时间；这是认识的误区。

我们的大脑与我们的身体不同。

身体最好的放松状态是静卧，大脑的放松状态却有两种——一是什么也不想，二是转移一下工作指令，常言所说“换换脑子”。

“换换脑子”使大脑产生的愉快反应，超过于什么都不想。什么都不想只不过使大脑接收了停止活动的指令，那并无愉快可言。何况，往往难以做到。“换换脑子”却不同，这意味着用累了的脑区停止活动了，平时不太用到的脑区接收到了散步的指令；这时，只有这时，用累了的脑区才会真的渐渐小憩，而开始散步的脑区产生愉快。

我们应对自己的大脑有这样的认知——它分各个区间。脑的疲劳感，不是整体的疲劳感，是某个一直在用的脑区的疲劳感。而另外一些很少用到的脑区，像替补运动员，一直坐冷板凳，它们的生理反应是不愉快的。

我们在散步的时候，通常喜欢静的地方，负氧离子多的地方，有看点可驻足独自欣赏的地方——这恰恰如同读书的情形。

被长期幽禁的脑区在书页的字里行间散步，负氧离子如同好书的元素，某些精彩的段落如同风景，使我们掩卷沉思，而这是脑的享受。不要以为这还是在费脑子——不，这是最好的换换脑子的方式。费脑子是指某一脑区损耗太大，而另外的脑区仿佛没有。

人要经常换换脑子，以包括读书在内的多种方式换换脑子。起码，不应该只换胃口不换脑子。

中国人常羡慕谁有口福，对得起一副胃肠——但世上有那么多好书存在，一个人却几乎一生没看过几本，是否也太没有阅读之福了，太对不起眼睛、大脑、精神和心灵了呢？

所以，不想白活了一辈子的人，在换换脑子时，若能将读书的方式包括在内，肯定会大获益处的。

《人类简史》并非一部 21 世纪的启蒙之书。尽管此点已被证明是非常需要的，但实际上尚未出现。当然，我们指的是超越以往世纪思想成果的启蒙之书。人类文明发展到今天的程度，问题依然多多，启蒙变得相当不易——“世界平了”一句话，意味着大多数人类的思想几乎处在同一层面了。

在这种情况下，若一部书包含了一定量的知识；并且，作者对于自己所拥有的知识进行了独立思考，提供了某些与众不同的见解，那么便是很值得一读的书了——《人类简史》符合我对书的基本看法，故推荐之。

作者将比较之法运用得特别充分，证明其知识积累范围较广——书中引用了中国古代《风俗通》中女娲造人的神化传说；引用了狄更斯小说的内容；引用了古罗马诗人的《农耕诗》——给我的印象是胸有文学而非仅仅史料的信手拈来性的引用，于是刮目相看。文史重叠乃人类社会发展常态，吾国当代史学家而能兼及文学素养者不多矣。

作者的另一种能力是——极善于将古今予以对比；他不是在进行单纯的线性梳理的讲述，而是不断地将目光从古代、上古代收回，投向现在，于是对比出种种感想，既分析出规律，也显示批判锋芒。

我并不全盘接受书中的思想，对书中的某些思想甚至持反对观点——如“历史虚无正义”、农业社会还不及以“采集”为生存之道的部族时期好等思想；但全书大部分内容所力图说明的思想我是认同的，即，人类的历史不但是曲折地进化的，而且在进化的过程中，所谓新与旧一向是部分重叠的。即使如今已经很现代了，但很古代时期的人类社会的基因现象，仍分明地点点滴滴地存在于很现代的人类社会中，证明所谓“全新的社会”，目前世界上还不曾有。

我推荐此书的主要想法是——希望读者从此书中学会比较的方法；希望读者明白，一个人的知识如果十分有限，便只能在十分有限的格局内对现象进行比较，而这妨碍我们对现象得出较清醒的判断。归根结底，在历史的长河中，一切当下存在都只不过是当下现象而已；一切当下人本身也只不过是当下现象罢了；我们生活在现象中，知识和运用知识所进行的比较之法，有益于我们处理好自身与林林总总的现象的不和谐关系，使我们自身能活在有限度的清醒状态下……

正确与善良

《奇迹男孩》是一部美国的儿童电影，据说在彼国口碑不错，在咱们中国票房也还过得去——过得去的意思就是并没被中国的电影观众完全忽视。

故事讲一个当下的白人中产阶级家庭的男孩命运不好，出生后动了多次手术，破相了。不是特别严重的破相，却足以使人一见之下瞠目结舌。他的身体也似乎停止了发育，使他比同龄的孩子们矮半头。所幸他的爸爸妈妈姐姐都很爱护他，还有一个忠实的朋友那就是他家的狗。相对于不幸的更大的幸运是，他的心智非但没受损伤，而且十分聪明。五年级以前他的知识启蒙老师是他母亲，他母亲是名校的理科大学毕业生，一对一的教学，保证了他所学到的知识比一般在校小学生还要领先一些。至于德育，电影中没怎么表现，想来是以善为核心的，因为他的父母分明都是善良人。电影中有两个细节给我留下深刻印象——他母亲抱着狗去看病时，那样子如同抱着自己一个重病的孩子；夜里，他父亲独自坐在餐厅，因狗的死去而无声哭泣。我一向认为，若一个家庭的人因他们的猫狗的死而全体陷入悲伤，那么这个家庭是别人可以放心与之交往的。

男孩必须入学了。否则，他会渐渐脱离社会的。父母和姐姐都不愿他将来成为那样的人，他自己也不愿意。

于是他成了小学五年级生。

于是引出了他与老师和同学们的非常态的关系；因他的出现也发生了同学们之间的关系改变；发生了校长与富家孩子的家长之间的矛盾。

总之，在学校，那孩子成了一个麻烦制造者，面临着如何与他人相处的考验和学习。

我看此电影时，几次联想到了张澜先生早年对他的学生们提出的“四勉一诫”——“人不可以不自尊，人不可以不自爱，人不可以不自强，人不可以不自立；人断不可以自欺。”——电影告诉我们，那孩子每每面临如上“成长的烦恼”，并且日渐有所领悟。

电影除了呈现一个富家孩子对小主人公的人格侵犯及其家长的自以为是；加入了高年级孩子欺辱低年级孩子的情节；主要人物大抵是正面的，善良的，可亲可爱的。对于老校长的塑造不但可亲可爱，还极可敬，人物本身诠释了“教育是诗性的事业”这一思想。

那么，显然，《奇迹男孩》是一部教化性不言而喻的儿童电影。尽管已经明智地寓教于乐了，但教化意图还是十分突出。

实际上，欧美国家一直在拍此类面向儿童和少年的电影，就我所看到的而言，此片的教化意图最为突出。

编导为了突出教化意图，可谓用心良苦——他们将男孩置于那么一个关系和谐、温馨的中产阶级家庭，目的无非就是——摈除那样一个男孩存在于某家庭，必将对某家庭造成的经济生活方面的种种压力；而是使电影的内容能更集中于儿童的心灵成长历程。

该片是一部较新的美国电影。

而我头脑中也就产生了一种困惑——投资方考虑市场效益了吗？编导们考虑院线接受与否了吗？

以一个中国人的投资理念来看，假定投资人就是我自己——我的态度都可能会是：不错，社会需要这样的电影，但，还是让别人去投资吧！

假定我是编剧——不，我不可能创作这样的剧本。我认为，全中国也不可能有谁创作出这样的剧本。不是说它的水平有多高，它的水平也就一般般。我的意思是，若同样的故事由中国编剧来讲，大抵会着力表现因为那样一个男孩的存在，给家庭造成的困扰有多么严重。在中国，这是必然的。那么，故事可能还会朝着这样的方向发展——整容需要一大笔钱，可父母也拿不出来呀，于是有人献爱心。哇，整容后的男孩的脸，变得多么的俊朗而且阳光灿烂啊！

假如我是导演，我很可能会对剧本大为不满：这算什么玩意儿？太不接地气了！教化性那么突出，矫情过头了吧？加！现在是娱乐时代明白不？将娱乐元素多多地往里加，为了票房，能加多少加多少！……

假如我是家长，我也许会这么想——《奇迹男孩》？应该抽时间带孩子看看，说不定能教我一些如何将自己的孩子培养成奇迹孩子的窍门。我做梦都希望那样的事早点发生在我的孩子身上啊！我的孩子若能从中接受一点儿如何使奇迹发生在自己身上的励志影响也好啊！……

我想，这样的家长，看了大抵会很失望的。或许，还没看明白——就那么一个男孩，究竟奇迹在哪儿了？不就得了一次学年优秀学生奖吗？凭那奖升重点中学优先吗？如果不，有什么实际意义？还不抵特长生！

另有一些家长，听了前类家长的说法，便不打算带着孩子去看了。

“文化自信”四个字，我耳朵都快听出茧子了！就那么一部教化性极为突出的儿童电影，居然有人真诚地创作，有人甘愿投资，有人内心毫不打鼓地拍出来——此种文化自信，在美国人身上体现的，是不如我们呢，还是比我们强？

他们并没有“文化自信”这一口号，他们的自信怎么来的呢？

而且，在他们那儿，家长们还接受，孩子们还喜欢，全社会还拥护，评论界也给予好评；这种文化氛围，又是怎么形成的呢？

电影中有一句台词，我觉得回答了我的困惑。

那句台词由一个黑人女孩口中说出。

她说的是：“在正确与善良之间，请选择善良。”

诚实地讲，连这一句台词，我都感觉出现得唐突、生硬，不似小学五年级女生的话。

但是，谁知道呢？也许彼国的小学五年级生说出这样的话，在彼国一点儿也不奇怪？

那么，答案更明确了——在彼国，所谓“正确”原则也像在中国，在全世界各国一样，可谓比比皆是。每个人几乎每天都生活在此类原则的提醒和暗示之下。但，不论大人还是孩子，他们又似乎都非常清楚——排除战场情况和面对极端恐怖分子的情况，善良在那一切“正确”原则之上。

所以，唯恐他们的孩子违背此点，他们从不放松对孩子的善良教育，其中包括如何对待友谊。任何面向孩子的文艺作品，只要秉持了此点，即使如《奇迹男孩》般教化性突出，彼国的文化氛围也会予以支持。彼国的文艺在此方面所体现的自觉，远比中国之当下文艺更有责任感——很久以前的中国，在对儿童和少年进行善的教育方面，也是特别重视那一种自觉性和责任感的。

后来，我们都知道的，改弦易辙了。

而在当下之中国，所谓“正确”的原则，每使从孩子到大人经常无所适从。

在我们这儿，“正确”之上还是“正确”。“正确”的分子永远大于善良的分母，一向十倍百倍地大于着，结果分数值便永远是“正确”，善良的分母几乎变得可有可无。而在彼国（包括欧洲，也可以说特别是欧洲），善良才是人性社会价值观的分子，它必须永远大于所谓“正确”的分母，以确保分数值永远是善良。“正确”的分母的意义只不过在于，它若能被兼顾，那么一定要被兼顾。

二十年前，中国曾有另一口号，曰："效益第一，兼顾公平。"

在现实中有时难免会那样，但作为一个泱泱大国的国家口号提出，其发展方向是可怕的，其效益往往是不光彩的。

现在的中国，对人对事方面，终究还是人文了一些。体现于现实之中，也不过就是一种"正确第一，兼顾善良"的理念。此种理念，深入人心，从小就被植入孩子们的头脑。

回顾人类社会的进化过程，其实根本的方向即是人性向善的方向。在这一过程，人类不断地消弭"正确"与善良每每相对立的现象，为了最终达到这样的关系——"正确"的原则，首先必须符合善良的宗旨。

如果不是这样看问题，那么人类社会现有的一切创造成果便不值一提，只不过是些玩闹现象而已，与聪明的猴子用石块击开坚果的壳没什么本质不同。

中国古代最先觉醒到此点并提出主张的自然是孔孟。他们的"己所不欲，勿施于人"，"老吾老，以及人之老；幼吾幼，以及人之幼"，具有人性先知的思想水平。后来的文人，借刘备之口，将其提升到"勿以恶小而为之，勿以善小而不为”的高度。但，刘备本身作为三军统帅，战事爆发之时，亦并不能以善恶意识来决策大局。正如美国人当年往日本的广岛和长崎投下的两颗原子弹，正确与否至今争论不休。

在《悲惨世界》中，沙威从高塔上失足身落，冉·阿让及时伸出一只手，救了沙威的命。对此情节，全世界一直以来都是赞同的。不但赞同，后来的电影电视剧中，还不断对那一经典情节进行复制。

在《九三年》中，雨果将他的善良思想推向了极端——他命笔下的巴黎守备军总司令郭文，在未经审判的情况下释放了残酷镇压公社起义的敌军司令朗特纳克。郭文的理由是：我不能绞死一个刚刚救了几名流浪儿童和他们的父母的人，为此他甘愿自己上断头台。

善则善矣，但他的做法正确吗？

雨果能担保朗特纳克不会重整大军，更血腥地镇压起义民众吗？对于“公社的人”，他此前可是罪行累累，大开杀戒的，连老人、妇女和孩子也不放过。

《九三年》出版后，亦成异议多多的作品。同样，对于“二战”要犯，即使某人确也有过小善表现，那也不能对他们就行“大善”的豁免——全世界绝大多数人都是如此认为的。

因而我们清楚了这样一点，在人类的社会还无法清除恶现象之前，善的原则确实也不能滥施。而成年人，在非常态情况下，往往也只得遵循普遍的正确原则，同时兼顾善良亦即人道理念。

正确的做法肯定同时也是善良的做法。

凡那不善良的做法，不管打着什么旗号，不管当时多么的正确，后来还是会被证明不正确，甚至成罪。

而此类某时似乎正确，后来被证明不正确甚至成罪的现象，在今后的一百年二百年内，估计仍会发生。

排除人与治安条例、消防条例、交通条例、出入境条例以及各种社会公共秩序条例和法律条例，相对于儿童和少年的教化而言，我比较能接受《奇迹男孩》所传播的思想——“在正确与善良之间，请选择善良”。

因为在孩子们所处的社会范围内，正确与善良之间，一般不会像成人的社会那么对立，那么复杂，那么难以委决。

而看重善良的孩子多了，意味着将来的中国，在正确与善良之间能兼顾善良的大人会多起来，而不是以坚持冷冰冰的“正确”为已任的大人比比皆是。

那么，正确也就不再是到处显得冷冰冰的正确，唯上峰马首是瞻的正确了。

正确具有了人间温度才更正确。

逐渐，在正确与善良之间，对立现象必将少了，人处理起两者关系时，纠结也会少了。

校庆寄语

又是校庆活动周了。

宣传部高部长命我写一篇“我的北语故事”之类的文章，以予共庆——自然是要遵命的。

我从复旦大学毕业后，先在北京电影制片厂工作了十一年，自忖勤恳敬业，颇对得起北影；后在中国儿童电影制片厂工作了十四年，尤其无愧于心；2002 年调入北语至今未退，算来十五年了。

北语是我工作时间最长的单位。

北语给予我的关爱是我没齿难忘的，简直也可以说是抬爱——而我最觉对不起的单位，就是北语。

大约 2012 年后，我不再给本科生上课。只带研究生了。虽也参与对本科生的论文辅导及答辩事宜，工作量总归太少了。工作量少而又每月开着在岗教师的工资，每使我心有大惭。我愿意的情况是这样——到退休年限了就该退休，退休了就应开退休工资；而学校有需要，当做到召之即来，尽量发挥点余热。

我对北语常怀的报答心是——既受十五年之久的抬爱，须以永是北语人为荣幸；人退情结在焉。

为去内心羞愧，我曾口头请退多次，起码呈交过两次书面退休报告。因我尚在全国政协届中，有继职的规定，学校爱莫能助，我也只有理解万岁。

我从是一名知青时起就与“故事”二字结下了不解之缘，至今创作两千余万字，构成文集 50 卷——多是虚构性质，“故事”也。我与北语，也是有些人事可写的，如同事友谊、师生友谊。但，那些不妨以后再写；在此校庆活动周，我最想坦言的是对北语的几点寄语，或曰希望，还有对北语又一届新生们的几点衷告。

一、对学校的希望

学校当以学生为主。

就目前中国的情况而言，若每一所大学都奉行精英教育，既不符合中国国情，也不符合大学教育之普惠精神，还不符合普遍之大学的生源现状。

我的判断是，国家虽然十分重视大学生就业问题，不断有新政策出台，但未来几年内，大学生就业仍将是中国式忧虑。估计，至少有 1/4 多的本科生或研究生，每年可能难以找到恰与专业对口的工作。

那么，这要求大学本科生或研究生，成为具有复合型从业能力的时代新人。

我所言“复合”二字，乃指具有跨专业转型就业的潜质。即使初时不顺，却能尽快适应。

一名有心理准备的学生，是完全可以通过自学和兼学达成此点的。

我所了解的情况是，大部分同学其实在大学的前三年并不会自觉地为自己想到。不少同学以考研为既定方针，以为文凭证明能力。

而即使研究生又毕业了，往往还是会面对找工作难的问题——这时，哪怕他们还有另一种不是专业强项的从业能力，也会柳暗花明又一村。

遗憾的是，他们大抵没有。

所以，我希望我们北语这样的大学，能在他们是北语学子期间，助他们有之。起码，使他们具有专业能力以外的另一种从业可能性，以备转型之需。不一定很专，也不可能很专——但有，终究比没有好。

进言之，我希望我们北语在培养能力复合型时代新人方面，率先走在别的大学前边，积累经验，以益学子，以益同界。

无非便是，推行“专业＋”的教学理念而已。

至于怎样才能“+”得好，而非事与愿违，则须研讨。也须打破各院各专业“老死不相往来”的局面。要形成机制，支持和鼓励包括奖励教师在本专业外尝试开设新课程。要尽量使教师资源在不影响本专业授课的前提之下，通过跨部、院、专业的讲座，讲专业外的自愿选修课，更广泛地贡献才能。

比如，艺术学院为什么不可以有“艺术广告欣赏与设计”课呢？

这种课连我只要稍作准备都可以内容充实地讲上一个学期。

总而言之，我希望我们北语以后毕业的学子，若是理科的，在面对出版社、广告公司、传媒单位的招聘时，较有自信地说：

当记者吗？我也行。

当编辑吗？我还行。

当艺术广告文字工作者吗？我照样行。

类似能力，专业出身，有系统见识，自然胜任愉快。但其要领，对有悟性的学子而言，大学四年中认认真真地听十来次有水平的讲座，入门非难事，转型有把握。

我也希望，我们北语以后毕业的学子，若是文科的，计算机方面的常识也懂一些，进行电脑平面设计不在话下；

甚至，连会计学、统计学、心理学、园林及景观设计美学的知识、能力，亦略通一二。

我校的艺术学院有一流的书法教师，有书法水平较高的学子，我希望调动他们的积极性，在全校开展业余书法活动。希望新生大三时，实行一次学子间的评奖及成果展出。我校书法爱好者多多，不乏热心的组织人——但以往局限于教职员工之间。

要将此有益的活动推广向学子。

据我所知，一名学子若有此长，不论求职还是进入了职场，都较受欢迎。

我希望在新生中举行一次歌词大赛，内容可多向一些——亲情、友情、爱情、乡情、自然美、宠物萌，都可以写；不非以革命豪情为上等，凡有益于人性愉悦，当皆视为正能量。

若果能评出好的，请我校高人谱曲。甚或，请知名作曲家作曲也在所不惜。最好，由艺术学院自己的师生来唱——保留在校网站，作为此届新生留给母校的纪念。

我希望在新生中举行一次艺术广告设计大赛，暂可仅限于平面的——任何商品都可以，说不定会有商家相中呢！

我希望我们的新生是藏龙卧虎的一个大群体——果而如此，希望他们着力显现。若不是我想的那样，我希望北语将他们连自己都不知道的，却可能有的潜质诱发出来，逼将出来！

总之，我希望我们的北语，在我退休以后，成为一所有声有色的，能力表现活动较多的，每一名学子毕业时除了专业能力另外至少还有一种从业能力的——培养复合型时代新人的，教学方式方法创新型的大学……

二、对学子们的希望

同学们好！

北语的平均分数线不低，有的专业分数线还蛮高；诸位成为北语学子，证明考试能力较强。

考试能力当然也是一种能力，甚至可以说是某几种素质的综合体现——领悟能力、刻苦程度、学习方法、考场发挥状态……这些起决定性的前提，当然也是素质的综合体现。

但人须对自己的头脑有全面的认识，它分为各种脑区。

你们不得不承认，从小学三四年级到初、高中，用得最狠的其实只不过是记忆脑区，方法是海量地看、背、记。那种背与记的勤备现象，若一一写来叹为观止。而你们另外的脑区，相当长一个时期内处于假眠状态。它们究竟有怎样的潜力，往往是连你们自己也不十分清楚的，因为很少被发现、激活、调动和运用。

外国的高中生要考入一所好大学，也很可能像你们似的。全世界如此，古今如此。“头悬梁、锥刺骨”者，他在那干吗呢？背也。此种励志精神是古人的夸大其词，中国古人有这种毛病——真那样，半年后身体就完了。

好大学对于学子的意义在于，深谙以上情况，善以科学的教学方法，营造活跃的学习氛围，及时地助学子开启另外的脑区的“箱盖”，将其中假眠的能量释放出来，看它具有怎样的华彩。

我所了解的北语，一向是这样做的。

不是说一入了大学之门，记忆的能力就不足论道了。

好记忆永远是好头脑的标志之一。

好记忆会使人终身受益。

但作为一名大学生的头脑，仅具有好记忆太不够了。

多年以前，我曾与几十位德国文化界人士座谈，担任翻译的是某著名外语学院德语系的才女，即将毕业的研究生。德国朋友们对中国古曲诗词感兴趣，我背《静夜思》，请译。

不料她说：“你这不是成心难为我吗？”

场面尴尬。

过后我明白了——她不能将“床前明月光，疑是地上霜”这样的诗句，首先快速地在头脑中转变为白话。在胡适的《白话文学史》中，《静夜思》是白得不能再白的白话诗。

她可以译白语，却译不了四句白得不能再白的白话诗。

她被视为才女，倚重的仍仅仅是自己的背功和记忆力。虽已是既将毕业的研究生，另外的脑区似乎仍在假眠。

而这也说明，单靠背功和记忆力而优的学习能力，确乎并不就等于是从业能力。

据我所知，工科学生在校所学的知识，就业后如果与专业对口，十之七八是应用得上的——所以工科生的学习态度普遍较努力。

问题是——如果对口择业的愿望一挫再挫呢?

如果转型择业势在必行呢?

那时还靠什么能力择业?

理科生若实现专业与职业对口，基本上非读到博士不可，那也只不过有“对口”之可能。大多数硕士生，能进入对口单位就不错了，具体工作还往往与专业无关。

所以我要强调，理工科专业绝不意味着将来的铁饭碗——“专业+”同样对自己有益。若“+”文科能力，我认为更有益。

文科大本生、研究生在校所学的知识，十之七八其实并不能以后直接用在工作中，只有极少数博士生才能幸运地学以致用。

但这并不等于说文科知识毫无学的价值。恰恰相反，其价值决定文科生较对口地从业后的“厚”或“薄”。

不论在中国还是在外国，文科出身的文化记者，一向比新闻专业出身的记者更受被采访者的欢迎。文科出身的文化记者，比新闻专业更有条件成为文化学者——外国的许多人文社科类好书，往往是文科出身的文化记者所著。

关键在于，自己是否能将在校所学的知识用活。肯学，用得活，多看，多思考，自然渐“厚”。否则，真的白学了。

全世界绝大多数人文社科及文学艺术类好书，往往是文科出身的编辑编的。若自己不“厚”一点，就当不成好编辑。

期坦福大学校长坦言中国留学生缺乏学术探讨激情，他所针对的主要是中国留学生中的文科生。

文科生最短的短板是阅读量少；最令人遗憾的问题是不动脑，对讨论无兴趣，只在乎考研究竟考什么——在此点上，也体现为“精致的功利主义”。

而学习方面的“精致的功利主义”是误人害人的。短期内会尝到点儿甜头，长远看害多益少。

我一向认为汉语言文学专业学子的底线能力是评论能力。无此能力，也几乎等于白学。而有此能力，当中学语文老师都会当得好一些。评论的能力若有所延展，几乎对一切文艺现象都可发表非人云亦云的真知灼见。

我从没为别人开过书单，就要退休了，冒昧向大家推荐几本书吧：

《哈佛极简中国史——从文明起源到20世纪》——［美］阿尔伯特·克雷格；

《美国简史》——王毅；

《论中国人的修养》——蔡元培；

《中国人的气质》——［美］明恩溥（这本书的人文认识价值并不大，只作为蔡元培先生的书的对比书推荐）；

《白话文学史》——胡适；

《西方美术史话》——迟轲；

《中国哲学简史》——冯友兰；

《等待戈多》——［爱尔兰］萨缪尔·贝克特；

《分裂的天空》——［德］克丽斯塔·沃尔夫；

《地下室手记》——［俄］陀思妥耶夫斯基；

《犀牛》——［法］尤金·尤涅斯库。

再推荐几部电影：

《血战台儿庄》；

《莫斯科保卫战》；

《战马》；

《钢琴家》；

《海上钢琴师》；

《楚门的世界》；

《西蒙妮》；

《罗拉快跑》；

《教父》；

《卢旺达饭店》；

动画片《夏洛特的网》；

儿童电影《北极历险》；

《疯狂的麦克斯》（1、2）。

留三道思考题，有感觉的同学，可试着写写短评：

1. 为什么会推荐你们看《疯狂的麦克斯》？

2. 从网上搜出阿尔塔米拉的山洞中的岩画《受伤的野牛》与亚述时期的浮雕《濒死的雄狮》——凝视地看，问自己除了已有评论，还看出了什么？

3. 对比法国名画《自由引导人民》，看珂勒惠支的《农民战争》，问自己发现了什么？

4. 欣赏西方油画《拾穗》《石工》《收割者的报酬》《垛草》《不相称的婚姻》《死刑囚徒》《伏尔加纤夫》，联想点与文艺有关的现象……

至于国产影视作品，你们看得肯定比我多，不荐了。

最后，我希望此届文学专业新生中，有人在考虑论文时，确定有几篇与歌曲有关的选题——1980年至1990年的，1990年至2000年的，2000年至2010年的……

先有三篇即可——文学专业不必非局限于文学，当然可以向文艺现象拓展视野。那三个时期的歌曲现象，时代认知元素极其丰富。我早与学校打过招呼；本科论文完全可以写的。

若果有同学写了，我那时虽已退休，仍会参加答辩评审。

要对你们说的很多，且收笔吧！

希望大家爱北语。

祝大家在北语的学子人生愉快，收获大些……

亲爱的同学们：

之前已有另一种形式的寄语了，校领导们希望再以此种方式，代表老师们对大家表示欢迎。由我来代表，并不意味着别的，主要因为我是在职老师中年龄最长者。学校前几天开过一次对老师们的表彰大会，有一份受表彰者的名单；那份名单证明，北语有一批中青年教师，在专业方面卓有成就，获得过各类学术荣誉。所以我首先要对大家说的是——今后要认真听各科老师的课，虚心向他们求知问学。

学习之事，固然有方法可言，但前提是自觉二字。对于大学生，自觉之有无尤为重要。大学老师不可能像小学、初中、高中老师那样对学生督促再三，那是对孩子的教诲之道。即使一名高中生，也每被家长和老师叫作“这孩子”。而高中生一经成为大学生，身份顿然转变，从此不再是孩子，而老师也终究不是家长。所以，请大家忘记自己是孩子，那已是曾经之事，或曰人生历史了。故，学习之自觉，应是大学生之本能意识。有此意识，诸位就不但会学到专业知识，还会学到专业以外的方方面面的知识；包括学习做一个好人。

天生的好人是有的，不多。更多的好人是学着做的必然结果。已成为大学生还要学做好人，有点晚，却并不为时甚晚。

1949 年 10 月 1 日的天安门城楼上，有一位着长衫，白髯及胸的老人，是当年中国民主同盟的主席张澜先生。

他不但是一位伟大的民主人士，还是一位教育家。他曾对他的学生们提出过“四勉一诫”：

人不可以不自尊，人不可以不自爱，人不可以不自强，人断不可以自欺。

德高望重的人也是会受到攻讦的。某乡绅不失一切时机地造谣，诬蔑他。学生们愤慨至极，写打油诗反击，并且贴在对方门外，以示正义。张澜先生肃然地命学生们亲往揭去，并向对方当面赔礼道歉。

他说：否则，我们与对方没有什么不同了。

我希望大家记住——受过高等教育的人，应与无此幸运的人有所不同。这不同不但要体现在知识方面，还应体现在做人方面。并且，成为父母后，尤应将这不同，言传身教给下一代。那么，很多年以后，在欢迎新生的仪式上，大学老师就不必讲这些了。

大学生要养成爱讨论的习惯。

一所大学怎样，也要看其是否具有讨论的氛围。此氛围不能由老师们单方面形成，主要靠学生。有些话题不值得介入，是垃圾话题。你们要善于将垃圾话题阻于宿舍以外，自己更不要做带入校园的人。

给大家留两个思考题：

自尊与自爱有什么区别？

自信与自欺又不同在何处？

我已为你们开过一份人文知识常识性书单，再加一本书——《我还是想你，妈妈》。

看此书需特坚强的心理。老实说我没看完，并且不打算看完了，因为我的心理不那么坚强。大家也不必非看完，看三五篇即可——“二战”中法西斯军队的罪恶，远比人们已知的要深重。

我们正处在一个被影像文化所包围的时代，也处在一个很容易被声色效果所异化的时代。连我有时都不禁暗想——看来文字影响人心的时代，确实将要翻过去了。

以上一部书告诉我——我错了。不是那样的。对于人类之心灵，文字仍具有影像和声色效果每每不及的影响力。没有影像，没有声音，没有色彩和气味，没有任何会使我们的视网膜产生强烈反应的元素——只不过是印在白纸上的普通词句，孩子般的回忆式话语，竟会使人心受到经久难平的震撼，多么不寻常的事啊！

我要大家读此书，也是希望在此影像与声色几成污染的时代，唤起大家对文字的尊敬和热爱。

我也要再向大家推荐两部电影——《心灵捕手》和《跳出我天地》，网上就可以看到的。如果有同学已成了只喜欢看炫特技的大片的人，因而看不下去，那么要问一下自己，怎么就变成了这么一种人。

大学生不是喜欢看什么才看什么的人。

大学生是清楚自己也应看什么的人。

建议同学们看过后讨论一下，如果自己是评委，在《摔跤吧！爸爸》与《跳出我天地》之间，投票时是否会毫不犹豫。

我并不排斥特技，《星球大战 3：绝地归来》我也是要看的，据说体现了新思维，眼见为实。

我建议大家看一下《疯狂的麦克斯》。

有同学一定不解为什么？

估计大家也不知有什么可讨论的。

现在我提示几点：

片中之男人们的发式，都类似朋克们的发式。

朋克是上世纪 70 年代中期的青年现象，之后影响波及方方面面的文艺，产生了朋克文化现象。

当年现实中的朋克青年，其实多是曾经的文艺青年，总体上待人彬彬有礼，有的还很腼腆，容易害羞——在影片中，世纪末的朋克，发式相似，但已总体上是暴力主义者。估计很文化的朋克或死于恶劣的生存环境，或被他们杀死了。

当代人类是现在这个样子，乃文化所化千余年的结果，主要变化发生在近代二百余年内。但若退化回去，也许几年的时间就够了。

片中还有一个小孩子，他已极具攻击性，变得和野人的孩子一样野了。

将后朋克文艺与无厘头文艺比较一下，是有讨论意义的。

联想一下《功夫》一片的结尾，看能比较出什么思想火花。

最后我要说，喜欢或不喜欢什么，这是感觉之事；而主张或反对什么，是思想之事、文化之事——我们正处于文化文艺现象芜杂多变的时代，倘不勤思，确实的，有文凭了，也许还会是思想盲从、无独立见解之人。

愿大家在北语培养起思考的习惯！

我的中国感觉

十五年前，我第一次参加全国政协会议，在我们民盟的一个党派组，大家热烈讨论“三农”问题——民盟有关注民生，特别是关注“三农”问题即农村经济发展、农民生活质量及农民子女教育问题的传统。民盟前辈如张澜、陶行知、沈钧儒、梁漱溟、费孝通等，不但对农民怀有深厚感情，而且本身便是力求探索出改变中国农村落后面貌之路径和经验的实践者。张澜、陶行知是中国近代教育史上为农家儿女办学的著名教育家；沈钧儒曾试图将法治理念和制度普及农村，以取代许多农村所沿袭的私刑特征明显的宗族裁决现象；梁漱溟在上世纪30年代，一心想要凭一己热忱树立起中国好农村的几处样板；而费孝通自改革开放始，对乡镇企业发展所提供的预见和指导，当年影响广泛。

在十五年前那次会上，由于我情绪失控，言辞过激，不得不暂停讨论。重新开会时，我受到了批评教育。

当时的讨论主要集中于两点：

鉴于大多数农村中小学校基础建设破败，例如没有操场，厕所很不像样子，教室属于危房;鉴于仅靠“希望工程”不能尽快地完成对农村学校现状的全面改造；鉴于当时的中国农民仍背负着缴纳公粮的压力——我强烈呼吁中央政府理应加大助农投资。

第一个问题，连带出了第二个问题——中国当时的蛋糕虽然已经做大了些,但其“大”够不够如我所希望的那样，能在短时期内全面改变农村学校之现状?

反对意见是——不要向国家提出无法实现的建言，给国家时间先将蛋糕做大，再做大。

而我针对第二个问题的反应更加激动，也更加强烈地主张——做到多大才够大？为什么不可以边做边分？

当然，那时也是边做边分的。只不过在我看来，切给农民和城市贫民的份额太小了。

如今想来，一些个知识分子教授学者，聚在一间会议室内，为“三农”问题争得面红耳赤，端的挺可爱的。

那时中国经济总量的超越目标是日本。

在第二年的全国两会上，中国取消了对农民征收的土地税。

现在，中国的经济总量早已超过日本。中国农村的大多数中小学，硬件方面基本已不令人忧心忡忡。城镇化速度的加快，使“空巢农村”多了，荒村多了；县镇周边的农家，不少已成为县镇居民了。他们的儿女、孙儿女，也能进入县镇的幼儿园和小学、中学了——当年“希望工程”和各级政府投资建成的学校，于是成了“遗址”，结果只能是有朝一日被拆除。

党的十九大提出的建设美好农村家园以及旨在面向农村精准扶贫的愿景，意味着对农村所进行的第二个历史规划开始实施。历史留下来的问题解决了，发展中的问题随之产生，后一种问题解决起来也许更难。但，中国既然确实已经在一定程度上改变了旧农村的面貌，在一定程度上提高了农民们的生活水平，我就比较相信中国也会有能力破解发展中的问题。至于将以怎样的新成果证明那种能力，只有拭目以待。

在十年前的“两会”期间，在一次多党派的联组会上，当着总书记的面，我做了一次关于文化问题的发言，内有“文化在政治之上”一句话。我本不想发言，尤其不愿就文化问题发言。在我看来，对于当时的中国，严峻的问题是腐败。作文化问题的发言，是给我的任务。任务的意思就是，不好坚拒的。

当年的文化是否呈现出了问题倾向呢?

已经呈现得很明显了，如娱乐文艺已开始泛泡沫化、滑向低俗化；连电视文化，也开始奉行唯收视率论；价值观倒错的古装电视剧反而大卖其钱，现实题材越来越少……

但我认为，根源问题是如何看待文化作用。

倘若某些同志仅仅将文化视为工具，甚至仅仅视为代表人民拥护政府，代表政府教育人民的工具，久而久之，必然脱离人民，异变为功能消退的文化——而娱乐文艺的大行其道是反弹现象。

我相信文化化人的功能。

归根到底，人类需要文化，源于好的文化引导人们做好人。

究竟是好人多起来了，社会才容易变好，还是社会变好了，好人才会多起来——古今中外，争论不休。

我的看法是——全人类还没有任何一个时期是被一切人认同的好社会；只要发展目标是向好的，文化则恰会在这样的时期将化人的功能发挥得较为理想。于是，社会、人和文化，呈现为同步向好的状态。

而我所言的好人，当然不是老好人，中国从来不缺老好人；而是与社会发展大趋势相一致的，具有现代文明素质的人。

当年腐败何等猖獗，故我认为文化的主要任务是“化”

为官之人。他们都是政治人士，所以我强调“文化在政治之上”，而且进一步说，“这是常识”。

文人议政，内心渴望有机会谈的是腐败问题，偏偏规定的发言内容是文化，只能借题发挥，泛谈文化，曲指腐败。原本题目便是《论文化在政治之上》，未被批准，便将一段议论夹在稿中，预先送审后被删去，现场发言时凭记忆说了出来。

全场肃然，估计皆心领神会。

散会时胡锦涛与我二次握手，沉思道：“各时期有各时期的文化任务。”

盟里的同志都对我的发言持肯定态度；而我却很郁闷，告诫自己——以后要么根本不发言，要么直抒胸臆。曲晦的表达，不可再次。

自古以来，中国人每将曲晦文风视为高明，实大谬也。

议政之言，我觉得还是以“直”为佳。

七年前的“两会”期间，在全体民盟委员的大组会上，时任政协主席的贾庆林听会——忘了发言题目是任务还是我自选的了，总之与腐败有关的。

我发言的题目充满火药味,居然是《誓与腐败决一死战》。

那一时期，腐败似乎已成痼疾，没治了似的。而国人谴责腐败的言论空间却越来越小，几近于无。像我那样的文题，即使出现在网上，也会很快就被屏蔽的。

“地火在运行”“腐败已到了公然蔑视人民容忍底线的程度”“中华民族又到了最危险的时刻”“不与腐败决一死战，犹待何时？！”——发言中不乏此类慷慨激昂之语，气势咄咄。

如今想来，只不过是文化知识分子的正义冲动罢了。在封闭的空间、限定的人中，既不能见诸于媒体，会议简报上也不会出现——实在有点儿自己嘴上一时痛快的意味。

发言甫一结束，我便起身离开会场，到外边吸烟去了。对别人的感觉如何毫不在乎，自己心潮起伏倒是真的，只有靠尼古丁来平复一下情绪。

会后别人告诉我——我离开会场后，贾庆林悄悄问我们民盟中央主席蒋树声：“这位委员可是作家梁晓声？”

蒋主席回答：“是的。”

贾庆林主席评曰：“印象深刻。”

腐败绝非几句正义冲动式的话语便会使之收敛的，也绝非几篇声讨檄文便会使之胆怯。见诸媒体了便又怎样？依然蔑视便又怎样？

但——党的十八大后，对腐败所采取的凌厉的遏制和惩办行动，终于开始了——五年前再开“两会”时，我由党派组分到文艺组了。文艺委员特别多，二百余人，举凡各文艺门类代表人物应有尽有。除结合《政府工作报告》之集体学习讨论，除对财政部的年度报告及“高法”“高检”的年度工作报告发表意见，我在分组会上听到的发言，基本是对文艺界情况的各种交流矣，如开文联代表大会。

分界别且再分组的好处是，人人的发言机会都特别充分，谁想仅听别人发言而自己并不发言根本不可能。仅分组讨论阶段，每人至少轮到三五次发言机会。如果一个人自己是畅所欲言的，那么其感想和意见，无疑会获得极充分的表达时间。而讨论效果的局限性也是显然的——五年内一位委员在讨论时只能听到本组他人的发言，信息量的范围一年比一年狭窄。为了弥补这一遗憾，当日简报按时送达各个房间，还会举行起码两次联组会议，还有起码两整天的大会发言，于是所有人都有机会听到其他界别的委员的推选发言。

然而推选发言只能是一事一议式的发言，肯定不如听其他界别的分组讨论那么内容丰富。

这使我颇为怀念自己在民盟组时的情况，不论分在哪一组，委员成分都很广泛——各省党派官员如副省长、副市长，人大政协的副主任、副主席，各厅、局副职干部，各大学校长，各业界专家学者、代表性人物同在一组，发言内容自然涉及方方面面，信息量大，所能现场聆听到的即兴式的见解也往往非是在联组和大会发言中常能听到的。

自从归入到文艺组之后，五年中我发言甚少。因为，民盟在一定程度上改变了我，使我更加成了一个近乎本能地关注包括“三农”问题在内的民生问题、社会公平问题、腐败现象、教育与医疗改革等措施的人——对于文艺界的事，反而关注甚少，相当隔膜了。

如今，我看中国的理念是这样的：

首先我要自行地整合各种信息和个人感受，判断每一届国家领导人只不过是要尽可能地维持现状呢，还是要尽可能地在现时期有所作为，力所能及地促进国家的发展，人民生活水平的进一步提高？

并且我要求自己理性地看待中国的当下现实，思考哪些是目前可行的，哪些是未来可行的？目前可行的他们想做不想做？而对条件确实并不成熟，不管谁做起来都会完全没有把握，结果难以预料之事，我则不作过于热切的期望——我认为不论此类期望多么符合个人的理想，对于具体的当下执政者，都是不切实际的。

而对于目前可行的于国于民有利的事，我也不但要看执政者们想做不想做，做得怎么样，还要看如果其做法并不得当，引起质疑，他们是否听得进？是否认真对待？是否愿意改变做法，改变得及时不及时？我认为，不论身为有党派人士，抑或国人一员，在此点上，都有不可渡让的发表意见的权利，这权利也是每个人对我们共同拥有的国家的普遍责任。

而若从以上三方面来判断党的十九大以后的新一届领导人们的执政纲领，那么给我的印象是：

新一届领导人们肯定是想做事的。

党的十九大报告显示，他们想做的事，肯定是利国利民之事。

有些事既是他们的愿望，同时也是人民的愿望。有些事已经开始做，有些事即将开始做。身为中国人，我自然祝愿都能做得实现预期。

我关注到了某些基层具体做法上的极其不当的现象；我也关注到了质疑之声。我认为对错误做法的纠正还算及时，证明两点——群众意见的表达越来越成为责任自觉了；官员们也能知错就改，并非一意孤行。

发展是必有目标的。

目标的实现是需要口号的。

我拥护这样一些国家口号：

“共享改革成果”；

“人民的福祉就是我们的奋斗目标”；

“关乎人民利益的事无小事”；

“反腐在路上”；

“精准扶贫”；

“绿水青山就是金山银山”；

“建设美好农村”；

“保持‘四好’公路”……

这些口号有实质内容。

我不喜欢对于我们国家的如下形容：

“我们的国家厉害啦”；

“辉煌盛世”；

“中国引领世界”。

我认为这些中学生作文语言般的说法，既不符合中国的全面国情，也太张扬，会给别国以中国在自我膨胀和陶醉的不良印象——我将会尽快向有关方面反映我的意见。

我的中国梦

中国之发展变化，中国改革开放四十年来所取得的各方面的成就，不但使相当普遍的国民产生了切身感受，并且已被国际所承认。

身为作家，我一向认为，若眼见假丑恶现象分分明明地存在着而不发批评之声，是不正派的作家。反之，若自己国家的进步也是分分明明的事实，却佯装视而未见，听而未闻，也是不正派的作家，甚至连正派的中国人都不配是了。

做正派的中国人，是我做人的底线。故，祈祝我们的国家早日实现中国梦的热望，每使我的头脑中产生诸种对中国未来的向往，或可曰为“个体中国梦”。

一、我想早日看到，目前已经退休的企业工人们，他们的最低退休工资不低于每月4000元。那么，夫妇双方的退休工资将不低于8000元。以东三省为例，目前企业退休工人的最高工资不超过3500元，很接近4000元了，但能拿到3500元退休金的人极少，绝大多数人的退休金在2500元至3000元。而退休金低于2500元者，仍大有人在。一对夫妇的退休金加起来5000元多一些的，为数不少。退休金仅在2000元左右的人，也很有一批。这样的夫妇，若一方常年生病，夫妇二人的晚年生活便会陷于贫困。

目前已经退休的企业工人，多为当年的“知青”。这一代人，整体上命运多舛——困难年代、“文革”、“上山下乡”、返城待业、中年“下岗”，中国的弯路和改革的阵痛，使他们退休前的人生坎坷，心理伤痕匪浅。我希望“共享发展成果”的国策，能早日向他们倾斜一下。每月 4000 元的退休金，才可保证他们的晚年生活相对幸福。虽然，幸福的内涵是多方面的，但对于他们，每月多一千几百元的退休金，会给他们带来特别实在的幸福感。并且，也会减少他们的儿女的生活压力。

二、我想早日看到，在以后的几年内，《劳动法》重新被重视。当年中国颁布《中华人民共和国劳动法》（以下简称《劳动法》）时，不论国企或民企的头头们，有不少人是不支持的，有人甚至很抵触，公开的反对之声亦不鲜闻。他们认为，中国有中国的国情，国企民企都在发展的爬坡时期，《劳动法》一旦颁布，执行起来有难度。若国家强调严格执行，必然影响企业效益。

当年我已是全国政协委员。

当年我立场坚定地支持《劳动法》的颁布，并且态度鲜明地主张——一经颁布，当然要严格监督执行情况，当然要引导职工自身特别是工会干部首先加强对《劳动法》的认识觉悟。

《劳动法》是保障各行各业工人幸福指数的国家大法之

一，具有与其他法律、法规同等重要的严肃性，不容轻视。工人加班加点，延长工时，必须出于自愿。即使在自愿和给予加班报酬的前提下，对延长工时也应有所限制。工人毕竟也是人，《劳动法》旨在保护工人们的健康不因长期加班加点严重透支，健康情况日益下降，受到损害。同时，也是为了生产安全起见。

《劳动法》颁布后的当年，各级政府尤其媒体，确乎对执行情况予以过监督，也确乎对阳奉阴违的现象进行过曝光、批评和警告。

但近十年以来，不知为什么，对《劳动法》的执行情况，几乎无人关注了。

而现实是，不论国企民企，加班加点每成常态，不延长工人工时的企业反而成了少数。严重违反《劳动法》的情况，民企多于国企。在那些民企，加班加点并不按《劳动法》规定给予报酬。它们大抵是生产低端商品的厂家，职工大抵是体力劳动者或粗简型流水线工人。这使厂方很大爷——愿干不干，不干立刻走人。工人因为自身缺乏劳动技能，唯恐离开之后再难找到工作，只得忍气吞声干下去，这助长了厂方的强势。

较大甚至超大型的企业、公司，情况是否会不同呢？

据我所知，也不尽然。某些著名公司，甚至公开宣称加班加点应是本公司文化，竟将习近平总书记“撸起袖子加油干”的口号，作为弹回质疑声的盾牌。似乎不明白，习近平总书记那口号，不是向工人发出的，而是向干部发出的。

在那样一些公司，员工大抵为“80 后”“90 后”。多数“80 后”已做父母，并且仍是儿女，上有老，下有小，却经常要加班两三小时，有时甚至四五小时，十点以后回到家里，似乎成了他们的上班规律。这不仅严重影响了他们小家庭的生活品质，也严重影响了他们对父母应尽的孝心。最违背人道的，是严重影响了他们的健康，中年以后，必会因为青年时期的身体透支成为早衰多病之人，而这也肯定会增加国家医保的负担。

所不同的是，较大公司、大公司和著名公司，是给予加班职工报酬的，往往还会以加班是否积极，来作为评定年终奖的条例。这实际上是在利用金钱作用，诱使职工进行透支性的脑力或体力劳动——在某些国家，若有职工诉诸法律，一告一个准，不但必受到法律制裁，而且还会受到社会谴责。表面看来，加班与奖金挂钩，似乎符合多劳多得之原则，但一名不情愿那么晚下班的职工却难以做出不加班的选择。因为其不加班的选择，也会影响班组和全部门的奖金之多与少、得与失。一言以蔽之，每一名职工都被加班绑架了。而部门的头头脑脑是无须加班的，可以到点即下班，因为他们的奖金根本不与加班挂钩，另有评定条例。这使企业或公司的管理者与职工之间，不可能同心同德，几乎必然地逐渐离心离德。在职工方面，加班往往表现为一种形式，以熬时间的消极态度来对待加班这件事，延长工时与劳动成果之间，大抵不成正比。这种情况也体现出所谓劳动资源部的愚蠢无能——他们在制定劳动条例时，除了“周扒皮”那套伎俩，贡献不出更有利于激发职工劳动积极性的方法。进言之，他们所制定的条例，完全是站在企业或公司单方面的利益立场上的思维结果。而好的人性化的条例，则是兼顾劳资双方利益的条例。正因为也考虑到了职工们的利益，必然会受到职工们的拥护，热爱单位遂成良好的企业或公司文化氛围。相比而言，国企在此点上普遍做得比民企好。因为大多数国企领导，毕竟很在乎职工对他们的认可程度，头脑之中毕竟不同程度地继承了也应该体恤职工的传统。若国企职工普遍的不满情绪高涨，国企领导的位置很可能就坐不稳了。民企老板无此之忧，头脑中也不会有什么体恤职工的传统存在。他们头脑中所形成的，是极其单纯的劳资利益彼增吾减的对立思维。自己一心要获得最大化的资方利益，当然只能以怎样使职工的利益最小化为思考出发点。

放眼望去，中国到处一派派加班加点，延长工时的透支性脑体力劳动现象。仿佛不如此，中国之发展就会止步似的。

平心而论，在目前的中国，特别严格地执行《劳动法》是不现实的。不论国企民企，都可能为支援抢险救灾、进行科研攻关、保证某类重要工程按期完成而要求职工加班加点。即使仅仅是为了保证大家订单的如期完成而要求职工加班加点，也应是被充分理解的。而且，有些特殊职业的从业者，如交警、民警、医护人员、环卫工人等，加班也确成职业常态，全世界各国无不如此。

我强调企业和公司职工透支性劳动的问题，乃因他们从事的大抵非属特殊职业，还因他们在所谓劳资关系中明显处于弱势。更因为，他们不但在中国劳动者中人数最多，不少人的身体健康确实受到了损害，生活幸福感确实受到了严重影响。一半左右的中国“80后”已因而身心疲惫，“90后”正步他们的后尘，也将成为中国最疲惫的人群。

国家发展的宏观宗旨，毕竟不是使人都陷于机器人般的脑体力劳动之境，而是相反，为了使人享有较多的非劳动时光。

我盼着这样的一天早日到来。

三、我希望中国的将来，从市到镇，医院多些再多些；设备全些再全些；就医环境好些再好些。

近年以来，包括北京、上海在内的大城市，社区医院的发展速度相当快，设备也较全。有的社区医院，配备了透视机和 B 超机，常规验血也能做到，在一定程度上，确实缓解了大医院患者云集的状况。

而某些省份的镇医院，设备和医治功能，则远不如大城市的社区医院齐全。若那些镇离县城近，其实并无多么齐全之必要。但若离县城较远，且周边农村人口密集，便显然应有进一步提升硬件设施的考虑。

由而想到，当下之中国，为以后国人能获得更及时、更便利、更有效也更好的医疗服务，须着眼于长久，确定像“精准扶贫”一样的目标和计划。首先，应分析国际资料得出大数据性的结论——做得好的外国，平均多少人口拥有一所医院？什么规模？设备如何？再从中国人口众多和国家的实际经济能力出发，制订可操作的方案，即，若别国二十万人口拥有一所什么样的医院，中国三十万甚或四十万人口可否拥有同等医疗水平的医院？以人口多少类推，五十万人口的县城应拥有何种规模的医院？百万以上人口的地级市应拥有怎样的医院？二百万以上或更多人口的城市又应拥有怎样的的医院？几所为宜？

有了以上结论后，应写入“五年计划”，应由中央和地方财政共同拨款，一年接一年地予以完成。像保证到某一年，国人的普遍退休金要实现怎样的增长那么去努力奋斗。

有一种观点认为，硬件不重要，软件才重要。即使硬件齐备良好的医院在某地的数量够了，医生的总体水平跟不上，有了岂不是也等于白有?

我的观点相反。在这件事上,我是“硬件第一”主义者。依我想来，若一所镇级医院连B超机都没有，就永远不可能有诊断经验丰富的B超医生。同样道理，一所县级医院若无CT机，或虽有，是老旧该淘汰的，那里的医生面对病情难以确诊的患者除了往地级市医院支，也不可能会有另外的作为。二十年前，媒体曾曝光过这样一件事，在一座省会城市的医院里, CT机明明已失去了正常工作的机能,却仍被应用着。而医生被要求，不管怎样，先让患者在本院做一次CT，把钱留在了本院后，再支患者到别的医院也不迟。

确乎，即使设备齐全了，医生们的水平也未必能一下子就提高上去。但一个普遍事实是——最难治的疾病，如癌症，在全世界的药物治疗现状都是差不多的，早期确诊和手术水平才是决定治疗效果的关键。而一所医院若医疗设备不达标，医生们早期诊断的水平就成了一句空话。就连手术水平，也不是什么名医神话。现在，不依靠先进医疗设备而单凭经验成为名医，才是真正的神话。只要设备齐全，许多医院都逐渐会产生经验比较丰富的名医。

简单地说，我希望十年以后，许多中国的癌症患者，即使在地级市的医院，也能获得早发现、早手术、手术情况大抵一流的诊治。并且，他们绝不会因为没到北京上海的大医院治疗而后悔万分。而北京上海的医院，除了服务于本市人，再就是起到医治罕见病例的作用。应建立一种特殊通道，鼓励和奖励名医参与力所能及的远程呈像会诊，更应鼓励和奖励他们亲自到地级市去“传帮带”，使地级市重点医院齐全的、先进的医疗设备与医生们的医疗水平的提高相匹配。

总而言之，若十年以后，中国大多数地级市的重点医院，也能在实际上成为具有较高的救死扶伤水平的医院，而且获得当地人们的信赖，那将是中国人的多大的福祉啊！

四、我希望那样一种个人愿望成为现实——中国各大城市的名牌大学，比如“211”“985”“双一流”等大学，能有一部分迁到地级市去。而且，首先应迁到经济发展较滞后，但自然地理条件很适合大学存在的地级市。

名牌大学集中于甚至可以说拥挤于大城市的现象，是非常有中国特色的现象。好大学根本没必要全都拥挤在大城市。依我想来，越是好大学，越应与大城市保持应有的距离。在普遍的大城市终日车水马龙、纷攘喧器的当下，好大学与大城市保持应有的距离，反而应以幸运之事来看待。看看那些拥挤在大城市的大学吧，除了少数得天独厚，当初就占有了足够大的校园面积，多数大学的存在现状其实很逼仄，很尴尬。

问题是，局面已是这么一种局面，该往外迁移哪一部分呢?

依我想来，首先应迁移研究生院、博士点、人文学科。

这乃因为，比之于本科生，研究生、博士生的学习自觉性强，在师资因迁移而一个时期内不能完全到位的情况下，他们靠学习自觉性，通过远程教学和与导师的电脑沟通等方式，也有可能获得与聆听导师面对面上课差异不大的学习效果。而比之于理工科，文科的优势在于不受实验室之有无的限制。

我之所以产生此种希望，乃因我对大学影响力十分信服。某些北京的大学，已在外省市办了分校。直接办于地级市的，目前即使有也极少。“分校”的牌子，当地人不是多么看重。但直接将研究生院、博士点、文科院系搬将过去，则含金量极高，必会对该市乃至一个地区的经济、文化、知名度的提升，起到无可替代的牵拉作用。

首先是，一座地级市的气质，几年后就会与众不同起来，想抑制其文化氛围的自然形成都不可能。更多年后，不论本地人还是外地人谈论到该市时，将会不仅说它有什么景点、什么小吃、什么特产，肯定还会加一句——某大学研究生院或博士点便在该市！若那大学确属名校，想想吧，后一句话多么的令人肃然起敬！

在古代的中国，乡、镇、县构成文化的摇篮系统——后来的文化知识分子，大抵先接受乡镇塾学之启蒙，其后进入县城接受馆学教育。从前经济发达的县城，馆学极成景象。设馆授学者，多是饱学之士，以厌倦了追求官位的举人为主。而乡、镇私塾，基本上是秀才们在实行启蒙教育。当一个人结束了馆学教育，他大抵会跻身于科举之路，考取官职。即使做了大官，卸任之后，往往也还是会回到故里。因古代的外省籍官员卸任后若想留在京城，须皇帝特批。那种想法是很容易引起朝野议论和皇帝疑心的。故他们宁愿一走了之，而他们回到故里，若还愿有所作为，便只有兴学。有人不但促进兴学之事，更亲自授课。而同样厌倦了“科举”的秀才、举人们，则只能以当“教育工作者”为生存方式和人生价值的体现。

撇开他们的讲课内容姑且不论，一个事实不容怀疑，即，乡、镇、县文化摇篮的作用，对于中国文化传承的可持续性影响深远。

现当代以来，此种循环往复的文化脉象断裂了，不要说乡、镇、县曾有过的文化气息荡然无存，就是地级市包括某些省会城市，文化脉象的稀弱也已令人堪忧。人才只外流，不回归，必然如此。

将教育资源，特别是高等优质的部分资源直接迁移到乡、镇、县，自然是倒行逆施。但迁移至地理位置适宜于办学的地级市，从中国发展的长远计，肯定好处多多。

（一）可使许多几乎已完全没了文化气息可言的地级市，重新焕发起久违的文化脉象的光彩来。

（二）重新焕发起来的文化脉象的光彩，必将辐射向四面八方的乡、镇、县，使那些乡、镇、县可以相当充分地凭借文化“软实力”全面发展。

（三）能直接带动地级市的经济内需，于是出现茶室、咖啡屋、餐饮业、书店、卡拉OK厅、服装业等商业经营的兴旺，连理发店也会多起来，当地的青年理发师们，没必要非到大城市去租门面干本行了。家教一行，也会大受当地人的欢迎。

（四）能使宾馆饭店业如乘东风。先是，研究生、博士生的家长亲人们肯定不放心，十之七八都会亲往一遭，看看高等学子们究竟被“弄到”了什么地方？打算考研、考博的本科生们，也会抽出时间进行实地考察，想挡都挡不住。若该市确有旅游资源，旅游业从此不必煞费苦心地宣传亦发达矣。

（五）可使中国的远程教育体系更为成熟，更上一个新的台阶。培养研究生、博士生，全靠远程教育不行，但即使以远程教育为辅，对远程教育的发展也是极大的促进。

（六）可改变中国人日思夜想地渴望成为大都市居民的

求学观、择业观、居住观——你大学毕业了不是？想考研、读博吗？那么，请将目光也望向地级市吧！才不去？随你。而起初，一半左右的本科学子是会改变观点的，其后改变观点的人会渐多。随着理工科院系及实验室、研究所也陆续迁出大都市，重新建立于地级市，改变观念的本科学子将更多。他们获得了研究生和博士生学位后，自然将面临择业，而新兴的大学城，必很需要教育界新人。现在的情况是，但凡算得上一所大都市里的大学，能留校的学子比例甚微。而那时，比例会大很多。不想留校？请便。依我想来，愿意留校的人会不少。那么，二十几年后，一批中国的文化、科技精英，教育界才俊，必将出现于他们之中。

（七）又过了二十年，中国成了这样一个国家——它有着世界上人口众多的地级市；它的某些地级市，因为成了中国新几代文化和科技精英的摇篮，于是成了新概念的文化和科技名城。与如今人谈起“西南联大”、李庄油然而生敬意一样，谈起某些地级市，也会因其教育成就而刮目相看。自然，论生活条件，绝不会像“西南联大”和李庄那般艰苦。某些在中国举办的国际学术交流会，也会频频在那些地级市召开。因为，那里是学术精英们的云集地。又于是，文化、科技、教育，在现代的中国，重新完成了一种循环往复——由乡、镇、县、地级市流动向大都市，再由大都市回流至地级市，并在地级市发酵进行中和反应，之后一部分落户于当地，另一部分分散向四面八方。而分散向四面八方的人，其人生的发展，未必个个都比留下的好。

（八）那时的中国，每会有这样的情况——几个人在飞机上或列车上是邻座，聊了起来。

一人说自己是上海人。

一人说自己是北京人。

一人说自己是某地级市的人，第四人也是。

上海人和北京人竟默默然了。因为——北京和上海著名高校的研究生院、博士点，已迁移至那两个地级市二三十年了，不再是北京和上海的金边名片，而是当地的金边名片了。

北京人也罢，上海人也罢，只不过是居住于大都市的人，却不再是居住于最有文化气息的城市的人。

若论现代文化气息，某些大都市的人，在某些地级市的人面前，都不得不谦虚点了。

小说家是爱想象的动物。我的“中国梦”，当然的，想象色彩太浓了，这我自己也知道。

但我却特希望，有一天我的以上想象能变成现实。

估计我是活不到那一天了。

那么，我也许会将我的想象写成小说，以使我对自己的想象，有一种完满的了结。

图书在版编目(CIP)数据

那些岁月…… / 梁晓声著. — 北京 : 北京十月文艺出版社，2019.9
ISBN 978-7-5302-1976-8

Ⅰ. ①那… Ⅱ. ①梁… Ⅲ. ①散文集—中国—当代 Ⅳ. ① I267

中国版本图书馆 CIP 数据核字 (2019) 第 144867 号

那些岁月……
NAXIESUIYUE……
梁晓声 著

出 版 北京出版集团公司
北京十月文艺出版社
地 址 北京北三环中路 6 号
邮 编 100120
网 址 www.bph.com.cn
发 行 新经典发行有限公司
电话 (010) 68423599
经 销 新华书店
印 刷 北京盛通印刷股份有限公司
版 次 2019 年 9 月第 1 版
2019 年 9 月第 1 次印刷
开 本 880 毫米 ×1230 毫米 1/32
印 张 9.75
字 数 135 千字
书 号 ISBN 978-7-5302-1976-8
定 价 45.00 元
质量监督电话 010-58572393
如有印装质量问题，由本社负责调换。